CE DOCUMENT A ÉTÉ VENDU
PAR LA BIBLIOTHÈQUE
DE QUÉBEC

01163903

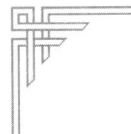

La Princesse au Dragon

DU MÊME AUTEUR

AUX ÉDITIONS DU ROCHER

La Maison d'entre les mondes, 2002.
La Prêtresse d'Avalon, 2001.

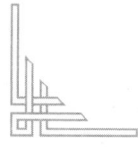 

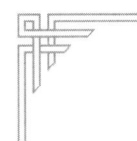

MARION ZIMMER BRADLEY
Avec la collaboration d'Elisabeth Waters

La Princesse au Dragon

*Traduit de l'anglais (États-Unis)
par Monique Lebailly*

Jeunesse
ÉDITIONS DU
ROCHER
Jean-Paul Bertrand

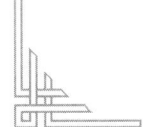

Titre original : *The Gratitude of Kings.*

Ce texte est publié avec l'accord de Baror International, Inc., Armonk, New York, USA.

Tous droits de traduction, de reproduction et d'adaptation réservés pour tous pays.

© 1997 Marion Zimmer Bradley & Elisabeth Waters.

© 2002 Éditions du Rocher, pour la traduction française.

ISBN 2 268 04321 5

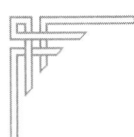
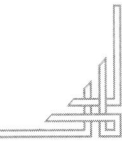

*À ma fille, Moira,
et à mon petit-fils, Robert Jeffrey*

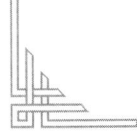

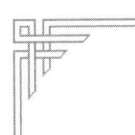

*L*ythande, adepte de l'Étoile bleue, mage ambulant et parfois ménestrel, pénétra dans la cour intérieure du château royal de Tschardain, encore accompagnée de quatre gardes. Douze autres s'étaient détachés de leur groupe dès la cour extérieure. C'était une escorte impressionnante pour un magicien solitaire n'ayant nul besoin d'être protégé, mais elle savait que leur maître aimait les actes ostentatoires, surtout si d'autres que lui accomplissaient le travail. Cela faisait sans doute plaisir au prince de pouvoir envoyer un si grand nombre de soldats quérir un unique mage. Son motif n'avait rien de courtois ; le fait qu'elle soit une femme restait le plus grand secret de Lythande, celui qui protégeait ses pouvoirs magiques. Dans

quelques rares occasions, elle avait même tué pour en empêcher la divulgation. Si on la proclamait femme à portée d'oreille d'un homme, le Pouvoir de l'Étoile bleue lui serait retiré et elle mourrait.

À vrai dire, Lythande n'était pas tout à fait sûre d'avoir souhaité se retrouver là. Le capitaine des gardes envoyé pour la convoquer l'avait informée que son maître, le seigneur Tashgan, serait infiniment reconnaissant au magicien s'il acceptait cette invitation à son couronnement, et Lythande, au long des siècles, avait acquis une certaine expérience de la « gratitude » des rois. Elle avait déjà eu brièvement affaire à Tashgan, dix ans auparavant, lorsque ses deux frères étaient morts, faisant de lui l'unique héritier de leur père. À l'époque, ménestrel itinérant, il faisait chaque année l'aller et retour de la cour de son père à Northwander, buvant et courant les femmes en cours de route. Il n'avait pas librement choisi cette vie ; un sort jeté sur son luth par la magicienne de la cour, qui avait obéi en cela aux ordres de ses frères, décidait de sa route et de la durée de son séjour dans chaque ville ou chaque cité. Ils s'étaient assurés qu'il ne resterait pas assez longtemps dans un lieu pour se gagner des alliés capables de comploter contre eux, mais quand leur mort fit de lui l'unique héritier, le sortilège posa un vrai problème. Lythande avait échangé son luth contre le sien, lui permettant ainsi de rentrer dans le royaume dont il hériterait et, autant qu'elle le sache, cette solution l'avait satisfait.

Lythande était curieuse de voir les conséquences de cette stabilité. Les gardes lui avaient seulement dit que le roi était enfin mort et que Tashgan avait besoin de ses services. Et c'était bien plus agréable de voyager avec des gens qui, sur le terrain de campement, accomplissaient les corvées et réglaient la note dans les auberges.

La route, dans les montagnes de Tschardain, avait paru curieusement facile. Le plus gros problème était que deux ou trois gardes semblaient terrifiés par Lythande – ou peut-être simplement par les magiciens en général. Le temps était doux pour un début d'hiver, les auberges confortables et suffisamment proches pour que l'on se rende tranquillement de l'une à l'autre, et les routes bien entretenues. Néanmoins, Lythande fut surprise de voir en approchant du château ce qui semblait être une fête foraine de bonne taille installée sur une esplanade rocheuse, aux pieds des murailles. Elle questionna les gardes, mais le capitaine se hâta de répondre qu'il ne s'agissait que d'une foire qui se tenait là tous les ans, qu'elle n'ouvrirait que le lendemain, que cela ne regardait en rien le maître mage, et que le seigneur Tashgan attendait, donc si l'honorable magicien voulait bien les accompagner… Lythande eut dans l'idée que le pauvre homme l'aurait volontiers tirée par les cheveux jusque dans le château, s'il avait osé.

La cour intérieure était pleine de gens affairés qui préparaient le couronnement du Grand Roi de Tschardain. Le bruit était incroyable, l'air plein de fumée et de poussière – et soudain d'une traînée de feu bleu cobalt. Le garde, à gauche de Lythande, un jeune homme qui avait paru inquiet durant tout le trajet, grogna et baissa la tête lorsque la flamme passa au-dessus de lui, droit vers l'épaule de Lythande.

Bien que sa cape fût à l'épreuve du feu, elle détestait se tordre le cou pour parler à quelque chose perché sur son épaule. Murmurant une incantation afin d'ignifuger sa peau, elle leva calmement une main et la salamandre atterrit sur son poignet gauche, ce qui lui permit de la tenir devant elle. Elle reconnut la bête, comme elle s'y attendait. Alors que la plupart des gens, en la regardant, ne voyaient qu'une boule de feu ou, s'ils l'observaient mieux, un dragon miniature au corps léché par des flammes, Lythande avait dans sa longue carrière maintes fois travaillé avec des élémentals et pouvait distinguer leurs différences aussi bien que leurs similitudes.

– Salutations, Essence du Feu, dit-elle gravement.

Les gardes parurent très surpris, le garçon déjà inquiet eut un haut-le-corps et regarda le ménestrel avec de grands yeux. Lythande ignora leurs réactions et leva la salamandre afin qu'elles puissent, toutes deux, se regarder face à face.

– Eirthe est ici, Alnath ? demanda-t-elle.

La salamandre repartit comme l'éclair et les gens s'écartèrent sur son passage. Lythande la suivit, sans tenir compte des gardes, qui se précipitèrent pour la rejoindre.

La traînée de flammes les emmena vers un des côtés de la cour, dont une zone était séparée du reste par une corde. Alnath alla se baigner dans le feu qui couvait sous un grand chaudron de cire bleue bouillante. La femme brune penchée au-dessus jeta à peine un coup d'œil à la salamandre tandis qu'elle y plongeait soigneusement une rangée de fines bougies suspendues à une barre de bois, l'en sortait puis la déposait sur un égouttoir pour faire sécher la dernière couche. Alors, elle leva la tête, croisa le regard de Lythande et sourit.

– Ils t'ont trouvée.

– Comme tu le vois.

Eirthe, la fabricante de chandelles, son amie depuis plus de dix ans, était l'une des rares personnes qui savaient son secret. Bien que toutes celles qui l'avaient connue avant qu'elle devienne une Adepte fussent mortes depuis longtemps, de temps à autre une femme découvrait sa véritable identité. Tant que Lythande était sûre qu'elle ne la trahirait pas – et tant qu'aucun de ses ennemis ne soupçonnait cette femme de savoir quelque chose d'intéressant qu'on pourrait lui arracher sous la torture –, elle pouvait la garder comme amie. De telles amitiés étaient, forcément, rares, et Lythande tenait particulièrement à celle-ci.

Eirthe devait maintenant compter dans les trente-cinq ans, mais elle avait toujours l'air d'une jeune fille, bien que ses mains fussent marquées de cicatrices, pour avoir manipulé pendant des années la cire brûlante, le feu et Alnath.

– Qu'est-ce qui t'amène ici, Eirthe ? demanda Lythande. Tu es bien loin de chez toi.

— Les funérailles, le couronnement, le mariage et la foire, pas nécessairement dans cet ordre, répondit laconiquement Eirthe en s'emparant d'une autre rangée de bougies et en la plongeant dans la cire fondue.

— J'ai vu le champ de foire en arrivant, dit Lythande, mais je n'en comprends toujours pas la raison. N'est-ce pas un endroit un peu isolé pour le commerce ?

Tschardain était perdu dans une région montagneuse, très au sud des zones les plus peuplées du continent.

— C'est la principale contribution du seigneur Tashgan à l'économie du pays, expliqua Eirthe. Il a organisé la première dans l'année qui suivit son retour, en invitant beaucoup de forains d'Old Gandrin. (Elle sourit tendrement.) Ne pouvant plus venir, comme il le faisait chaque année, à notre foire de printemps, je crois que cela lui aura manqué, aussi nous a-t-il convoqués. Certains d'entre nous demeurent ici pendant toute la marée de Yule ; Tashgan est un hôte bienveillant. Généralement, je reste un bon moment — ce n'est pas comme si j'avais de la famille avec laquelle je souhaiterais passer cette saison. (Un instant, Eirthe parut attristée, mais elle ne laissa pas sa pensée s'égarer.) La foire est vraiment d'un bon rapport ; elle a lieu une semaine avant la fête de Yule, alors toute la population y achète des cadeaux. Il y a, dans les montagnes orientales, un défilé entre Tschardain et Valantia, qui est le centre commercial de l'autre versant de la chaîne. C'est de là que vient son épouse.

– Ainsi Tashgan se marie. Comme c'est intéressant.

Lythande s'efforça d'adopter l'air grave qui convenait.

Eirthe n'essaya même pas. Elle sourit franchement.

– Eh bien, il lui faut un héritier – Tashgan est le dernier membre de sa famille. Tu devrais penser dès aujourd'hui à une musique appropriée à ce mariage, qui aura lieu dans une semaine.

– C'est donc pour cela qu'il m'a fait faire tout ce chemin ?

Peu de choses surprenaient vraiment Lythande après des siècles d'aventures, mais elle se disait que Tashgan aurait pu trouver un ménestrel plus proche de chez lui. En fait, il se croyait musicien – du moins, il en était ainsi la dernière fois que Lythande l'avait vu –, aussi devait-il en avoir au moins un à sa cour.

– Je suppose qu'il faut que j'aille me présenter à lui et te laisser à ton travail.

— C'est vrai que j'ai encore beaucoup de pain sur la planche, reconnut Eirthe. J'arrive toujours tôt à la foire pour pouvoir fabriquer mes bougies sur place au lieu de les transporter, mais je n'avais pas compté sur les funérailles et tout le reste. (Elle prit une autre rangée de chandelles.) On se verra plus tard.

— Soyez le bienvenu à ma cour, Maître Magicien, dit Tashgan avec un grand sourire.

À l'entendre, on aurait pu croire que Lythande était son plus ancien et plus cher ami.

L'Étoile bleue, entre ses sourcils, la picota. Dès son entrée dans la salle, elle avait senti que de la magie était à l'œuvre. Quelle sorte de magie ?

Tashgan était assis dans un fauteuil en bois sculpté avec recherche, sur une estrade de pierre, au fond de la grande salle. Un feu rugissait dans l'âtre, derrière lui, en plus de ceux brûlant dans les foyers latéraux, aussi la pièce semblait-elle confortablement chaude – ou du moins, aussi chaude que n'importe quelle chambre d'un château en pierre pouvait l'être.

Deux femmes étaient assises près de lui : la plus jeune, une superbe brune, trônait à sa droite dans un fauteuil moins orné. Ses longs cheveux d'un noir de corbeau bouclaient à leur extrémité, ses yeux étaient bleu saphir, et son visage aurait pu être sculpté dans le marbre ou l'albâtre, n'eût été le rose de ses joues. Des traits si parfaitement réguliers et symétriques rendaient sa beauté inhumaine. Elle ressemblait à une très belle poupée. Le regard de Lythande passa ensuite à une femme bien plus âgée, assise sur un tabouret trop étroit pour elle, de l'autre côté de la jeune fille. Des vêtements noirs dissimulaient sa corpulence, ses lèvres minces étaient pincées, son visage empreint d'aigreur. Lythande éprouva aussitôt de l'aversion pour elle. Qui était-ce ?

Tashgan regarda avec envie l'étui en cuir que le ménestrel portait sur le dos.

– Est-ce un nouveau luth ? Il faudra jouer pour nous, après dîner.

Lythande s'inclina en silence. Jouer ne l'ennuyait jamais ; la musique, sa première passion avant qu'elle en soit venue à connaître la magie, tenait toujours une grande place dans sa vie. En outre, sa pratique risquait beaucoup moins d'entraîner d'éventuels désastres que celle de la magie.

– La musique est, pour un homme, une profession bien plus appropriée que la magie, déclara d'un ton coupant la femme âgée assise sur l'estrade.

Tashgan sourit de nouveau, mais de l'air d'un homme qui essaie d'être poli en écoutant un argument qu'il a déjà beaucoup trop entendu.

– Je suis certain, dame, que Lythande vous fera changer d'avis sur les hommes et la magie, dit il.

Il se retourna vers le ménestrel.

– Permettez-moi de vous présenter à ma fiancée, la princesse Velours de Valantia.

Lythande salua la jeune fille, qui répondit par un hochement de tête un peu raide.

– Et voici sa dame d'honneur, dame Mirwen.

Lythande s'inclina de nouveau, moins profondément, mais dame Mirwen se contenta de renifler et de se détourner. *Apparemment, elle ne souhaite pas faire ma connaissance*, pensa-t-elle. *La princesse Velours a simplement l'air timide. Comment en est-elle arrivée à ce mariage ? Est-ce que Tashgan l'a choisie à cause de son nom ? Il n'a pourtant jamais accordé beaucoup d'importance aux beaux tissus.*

Tashgan poursuivit, en se tournant vers dame Mirwen :

– Lythande sera mon champion dans les Jeux des Noces.

Ce qui provoqua une réplique outragée.

– C'est totalement hors de question. Un homme ne peut pas pratiquer la magie – surtout dans une affaire aussi raffinée. Les femmes sont les seules à posséder la délicatesse de toucher et la subtilité de sentiments qui sont de rigueur.

La subtilité de sentiments ? pensa Lythande avec une pointe d'amusement. *Cette femme ne reconnaîtrait pas « Subtil » en personne s'il venait se présenter à elle.*

– Dame Mirwen, répliqua Tashgan d'un ton ferme. C'est mon pays, non le vôtre. Je suis prêt à me conformer à vos coutumes jusqu'à inclure certains de vos rites dans mon mariage, mais le choix du champion m'appartient, et en cela je ne me soumettrai pas à vos usages. J'ai connu des magiciennes – lorsque j'étais jeune, le mage de la cour de mon père était une femme – et j'ai eu affaire à Lythande, et c'est lui que je choisis.

— Messire ? murmura la princesse Velours.

Tashgan se tourna vers elle avec un sourire plein d'indulgence.

— Oui, dame ?

— Qu'est-il arrivé à la magicienne de votre père ? L'avez-vous renvoyée quand vous avez été appelé à régner ?

— En fait, non. Ellifanwy était extrêmement douée. Malheureusement, elle a décidé un jour de s'aventurer hors du domaine où elle excellait. Elle a trouvé la mort dans le repaire d'un dragon-garou, des années avant que je revienne à la cour.

— Et, d'après vous, quel était le domaine où elle excellait ? demanda dame Mirwen sur un ton cinglant. Les philtres d'amour ?

Elle semblait croire qu'elle n'avait aucune raison de se montrer polie avec le futur époux de celle dont elle était responsable.

L'Étoile bleue picota de nouveau et Lythande comprit que cette femme avait un pouvoir magique ; de cela au moins elle était certaine. Ce mariage devait être plus qu'il ne paraissait — ou peut-être moins.

Tashgan resta momentanément sans voix, et Lythande pensa que cela valait mieux pour lui – les philtres d'amour, c'était *justement* ce qu'il considérait comme le sommet de l'art d'Ellifanwy et, bien que cette femme n'ait pas atteint le niveau de Lythande – ni même pu s'en approcher –, elle avait possédé de puissants talents dans différents domaines.

– En fait, dit Lythande avant que Tashgan se soit assez ressaisi pour ouvrir la bouche et laisser échapper quelque remarque fâcheuse, elle était célèbre pour ses sorts de contrainte. Les choses qu'elle liait *demeuraient* liées.

Comme le luth de Tashgan.

– Même après sa mort, ajouta le prince en hochant la tête. Si elle était restée avec nous, dame Mirwen, peut-être l'aurais-je choisie pour être votre adversaire, mais, hélas, elle n'est plus là. Comme vous semblez douter des capacités d'un homme en la matière, vous opposer à Lythande ne peut certainement pas vous faire peur.

– Sûrement pas ! répliqua sèchement Mirwen.

– Avant que moi, j'accepte, dit Lythande d'un ton doucereux, peut-être quelqu'un voudrait-il m'expliquer de quoi il s'agit. Les « Jeux des Noces », ce peut être n'importe quoi

– des douceurs d'un banquet animé jusqu'à un duel magique à mort, bien que rien d'aussi dramatique ne devrait venir, j'imagine, jeter une douche froide sur les festivités.

– N'est-ce pas typique d'un homme de toujours penser à la mort ? lança Mirwen.

C'est toi, dame, qui m'inspire ce genre de pensées, répondit mentalement Lythande, mais elle demeura muette.

La princesse Velours inspira profondément et répliqua :

– C'est un concours de savoir-faire, Maître Magicien. Les deux sorcières – euh, sorciers – rivalisent afin de créer les illusions les plus belles et les plus fantastiques. (Elle regarda nerveusement Lythande et ajouta :) À Valantia, ce sont généralement les femmes qui pratiquent ce genre de magie, mais je ne crois pas qu'elle soit interdite aux hommes – si l'homme souhaite concourir, bien entendu.

Elle jeta un coup d'œil inquiet sur dame Mirwen, puis sur le prince Tashgan. Il lui sourit avec une tendresse un peu ridicule et se pencha pour lui prendre la main.

– Avez-vous vu beaucoup de concours de ce genre, princesse ? demanda Lythande.

– J'ai neuf sœurs aînées et j'ai assisté à leur mariage, répondit-elle en hochant la tête.

– Les illusions les plus belles et les plus fantastiques, répéta Lythande d'un air songeur. Qui seront les juges ?

– Les invités, répondit Velours. Tout le monde, sauf les mariés.

– Les époux ayant probablement autre chose en tête ? fit remarquer Lythande en souriant.

Velours rougit et baissa les yeux. Tashgan gloussa.

– D'accord, seigneur Tashgan. Je serai votre champion dans les Jeux des Noces.

– Parfait ! dit le prince avec enthousiasme. Je vous en suis infiniment reconnaissant. Je sais que vous ferez de mon mariage un jour dont on se souviendra longtemps dans mon royaume.

Il le sera certainement, d'une manière ou d'une autre, pensa Lythande, *mais peut-être pas comme nous le souhaitons. J'ai un drôle de pressentiment…*

– Mon chambellan va vous conduire à vos appartements, poursuivit Tashgan en levant la main pour que celui-ci s'avance. Nous vous avons mis à côté d'Eirthe, la fabricante

de chandelles – je me souviens que vous êtes de grands amis.

Son petit sourire narquois donnait à penser qu'il se trompait totalement sur le genre d'amitié qui liait Eirthe et Lythande – et le laissait entendre à toutes les personnes présentes dans la salle –, mais le prince ménestrel savait que son amie se souciait peu de sa propre réputation. En outre, c'était une manière de lui dire qu'il savait qu'elle s'était arrêtée pour parler à Eirthe avant de venir le voir.

– Qu'il en soit fait selon la volonté de Votre Grandeur, répliqua-t-elle en s'inclinant, avant de suivre le chambellan.

Elle avait l'intention de s'entretenir avec Eirthe ; la jeune femme pouvait sans doute lui en apprendre long sur la situation actuelle.

L ythande trouva son logement vraiment luxueux ; Tashgan lui dispensait sa gratitude avec plus que des mots. La chambre d'Eirthe était bien voisine de la sienne,

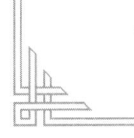 

mais la fabricante de chandelle était absente ; et n'était toujours pas là après dîner, une fois la nuit tombée. La magicienne fronça pensivement les sourcils et se rendit dans la cour intérieure.

Eirthe était encore occupée à plonger des bougies dans le chaudron, une rangée après l'autre, doucement mais sans s'interrompre. Elle avait visiblement fait fondre un nouveau pot de cire, car ce bain était doré et non plus bleu. Elle disposait d'assez de lumière pour travailler : huit des coupes de Cadmon, contenant chacune une boule de feu, formaient un cercle autour d'elle.

Eirthe et Cadmon avaient été partenaires jusqu'à la mort de ce dernier ; leurs malédictions s'annulaient mutuellement. Avant que Lythande l'aide à se libérer de la sienne, rien ne brûlait dans le voisinage d'Eirthe, pas même les bougies qu'elle fabriquait. Cadmon était souffleur de verre, mais toute matière inflammable déposée dans sa verrerie se consumait en un instant. Tout ce qui, généralement, n'était pas inflammable, y brûlait à vitesse normale. Une fois rassemblées, la verrerie de Cadmon et les chandelles d'Eirthe faisaient d'excellentes lampes.

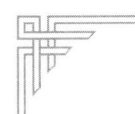

Le gîte favori d'Alnath était un bocal que Cadmon avait, à l'origine, destiné à des poissons. Mais ceux qu'on y aurait mis se seraient transformés en charbon de bois avant qu'on puisse les en sortir ; c'était une demeure parfaite pour une salamandre. Cependant, pour le moment, Alnath reposait dans le feu qui brûlait sous le chaudron, où, comme Lythande le savait, elle se tenait quand Eirthe travaillait.

La magicienne passa entre deux coupes et fronça les sourcils en sentant la faible pulsation d'un sort de protection.

– Qu'est-ce que tu fabriques ? demanda-t-elle.

Eirthe, qui était en train de changer de barre, leva les yeux.

– Si tu fais allusion au sort de garde, je l'ai installé pour empêcher que les gens ne se brûlent. Entre les salamandres, le feu et la cire qui dégoutte, c'est un endroit dangereux pour ceux qui ne seraient pas sur leurs gardes. Tashgan a tendance à choisir ses servantes plus pour leur apparence que pour leur cervelle.

– C'est assez vrai. (Puis Lythande saisit ce que Eirthe venait de dire.) Les salamandres ?… (Elle regarda plus attentivement les coupes qui l'entouraient.) Douce Reine de la Vie, d'où viennent-elles ?

— Alnath a eu des bébés l'année dernière. Elle est en chaleur — sans jeu de mots — tous les six ans environ et, l'année dernière, il s'est trouvé, pour la première fois, qu'une salamandre mâle se trouvait dans les parages à ce moment-là.

— Comment s'aperçoit-on qu'une salamandre est en chaleur ? demanda Lythande, sincèrement curieuse.

Elle n'avait jamais connu qu'Alnath, et la seule chose qu'elle avait apprise au sujet des salamandres durant ses études de magie, c'était que l'on considérait ces élémentals associés au feu comme capricieux et dangereux. Bien entendu, tous ces esprits-là étaient capricieux et dangereux — comme les éléments qu'ils représentaient, du moins fréquemment.

Eirthe éclata de rire.

— Je le sens au travers du lien qui me lie à elle. Cela me rend nerveuse et hargneuse ; lorsqu'elle s'est accouplée, je n'ai pas osé m'approcher d'un être humain pendant deux semaines. Et elle doit émettre une odeur, ou quelque chose comme cela, parce que Cadmon éternuait toujours quand elle était en chaleur. Cela le gênait vraiment, car cet état ne revient pas assez régulièrement pour qu'on puisse le prévoir, et le pauvre homme était incapable de souffler le verre tant qu'il éternuait. Alors j'emmenais Alnath dans la campagne pour nous garder toutes deux éloignées des gens, mais cela perturbait vraiment notre commerce.

– Je m'en doute. Enfin, elles te fournissent quand même de la lumière. Au fait, pourquoi travailles-tu si tard ?

Eirthe soupira et se frictionna les reins.

– La foire va ouvrir demain, en milieu de journée ; les funérailles épuiseront la moitié de ce que j'avais prévu de vendre, et il reste encore le couronnement et le mariage.

– Puis-je t'aider ? demanda Lythande.

Elle voulait parler à Eirthe et, ici, elles ne seraient sans doute pas dérangées.

– As-tu déjà plongé des bougies dans un bain de cire ?

– Oui.

Eirthe haussa les sourcils d'un air sceptique.

– Depuis un siècle ?

– Plutôt deux, avoua Lythande. Mais je crois pouvoir encore me débrouiller avec des chandelles.

Eirthe se redressa et lui montra la barre suivante.

– Très bien, essaie sur celle-là.

Lythande prit la barre par les deux bouts et la plongea doucement dans la cire aussi profondément qu'Eirthe le faisait habituellement. Elle la remonta aussitôt et la maintint au-dessus du pot. La nouvelle couche de cire coula tout du long des chandelles. Quand la plus grande partie du surplus fut retombée dans le chaudron, Lythande posa la barre sur l'égouttoir, en prit une autre et répéta le processus.

– Pas mal, dit Eirthe. Si tu peux terminer cette fournée, cela me permettra de confectionner les bougies décoratives du festin de noces. (Elle sourit et ajouta :) On peut parler en travaillant. En dépit des commérages de la cour, je ne pense pas que tu sois venue me rejoindre pour l'amour de mes beaux yeux bruns.

Lythande gloussa tout bas en continuant à plonger les chandelles dans la cire. Le mouvement répétitif l'apaisait autant que des exercices sur son luth.

– Tu as raison, Eirthe. Apparemment, en matière de commérages, j'ai un certain retard à rattraper. Parle-moi de ce mariage et dis-moi ce que tu sais des gens qui y sont mêlés.

Eirthe tira un tabouret près du feu, ainsi qu'une petite table de travail qu'elle installa à côté de Lythande. Dessus étaient posés plusieurs blocs de cire blanche d'où sortaient des mèches, ainsi qu'un plateau étroit contenant des outils en argent qui servaient à sculpter les bougies. Elle s'empara du premier bloc et, très vite, en tira la forme d'un homme vêtu d'une robe de cérémonie et portant couronne.

– Le prince Tashgan, tu le connais. C'est le troisième fils d'Idrish, roi et grand seigneur de Tschardain ; il a reçu une formation de ménestrel, mais s'est surtout adonné à la boisson et aux femmes. Son père a été malade plusieurs dizaines d'années durant, aussi le vizir a-t-il gouverné à sa place. Il le fait toujours, même si Tashgan, revenu chez lui après la mort de ses frères, a paru accorder un peu d'intérêt à la gestion de son futur royaume. Maintenant que c'est *le sien*, je suppose que tout continuera comme avant. La foire est un bon exemple de la manière dont les choses se passent, ici : Tashgan a décidé qu'il voulait sa propre foire, il l'a dit au vizir, et celui-ci s'est appliqué à combler ce désir dans ses moindres détails. Bien entendu, le royaume va en tirer un beau profit, ce qui rend le vizir heureux.

Elle sculpta un visage qui ressemblait à celui du futur roi, puis plaça la bougie avec précaution au centre de la table et reposa ses outils dans le plateau.

Lythande, qui venait de plonger dans le chaudron une autre rangée de chandelles, se figea, étonnée : Eirthe, les doigts en suspens autour de la figurine de cire, s'était mise à chantonner. Une lueur naquit, qui enveloppa la bougie ; lorsque la jeune femme se tut et baissa les mains, celle-ci était devenue une copie parfaite de Tashgan, de la couleur de sa peau, de ses cheveux et de ses yeux, jusqu'à l'or de sa couronne.

— Que fais-tu ? demanda Lythande, alors que le picotement émanant de l'Étoile bleue, sur son front, lui avait déjà répondu. J'ignorais que tu pratiquais la magie !

Eirthe haussa les épaules en prenant la bougie.

— Apparemment, j'ai toujours eu un certain don pour cela. Alnath est venue vivre avec moi quand j'étais toute petite. Après cette histoire avec le volcan, quand nous nous sommes débarrassées de ma malédiction, plutôt que de provoquer ma mort, ou celle de quelqu'un d'autre, par inadvertance, j'ai décidé d'en apprendre plus à ce sujet. Aussi, j'ai passé deux ans à l'école de Northwander. Maintenant, je peux exécuter quelques sortilèges simples, et j'ai une meilleure idée de ce que je dois éviter si je ne veux pas avoir d'ennuis.

— Tu as très bien fait, dit Lythande en se remémorant l'incident auquel Eirthe faisait allusion.

L'« histoire » avec le volcan était arrivée quand celui-ci avait déclaré qu'il fallait lui sacrifier Lythande pour qu'il n'entre pas en éruption. Elles avaient toutes deux échappé de peu à la mort, cette fois-là.

— Mais fabriquer des figurines de cire qui ressemblent à des personnes vivantes, ce peut être dangereux.

— Je sais.

Eirthe ouvrit une malle en métal, posée dans le coin le plus éloigné de son atelier en plein air, et en sortit un petit coffre en bois tapissé de paille. Elle y déposa la bougie-Tashgan et referma la malle à clé.

— Je les garde là, avec au moins trois salamandres pour veiller constamment dessus, et quand elles brûleront au festin, je serai assise à proximité. Ce ne sont pas des doubles magiques des gens. Juste une ressemblance superficielle, pas une vraie similitude. Sinon, elles ne pourraient pas brûler sans faire de mal à ceux qu'elles représentent.

— En es-tu sûre ? demanda Lythande. As-tu déjà fait cela ?

— Plusieurs fois. J'en ai sculpté une d'Alnath et plusieurs de moi-même avant de m'attaquer à d'autres. Je ne les donne pas quand elles sont encore intactes ; elles brûlent toujours en ma présence – et n'ont jamais fait de mal à personne. J'ai bien l'intention qu'il en soit toujours ainsi.

Elle parlait d'un air déterminé, et Lythande se souvint ; c'était parce que son amie avait refusé de fabriquer des bougies pour un sorcier aux intentions malfaisantes qu'elle avait été soumise à la malédiction du Froid.

– Je sais que tu ne les utiliserais jamais pour faire du tort à quelqu'un, dit Lythande pour l'apaiser. Mais alors, pourquoi les gens en veulent-ils ?

– Par vanité. C'est un peu comme faire faire son portrait en peinture, mais cela montre aussi que l'on est assez riche pour les acheter, puis les détruire.

Lythande rit.

– Je connais cela. Cette vanité enrichit aussi les ménestrels.

– C'est vrai, reconnut Eirthe qui prit un second bloc de cire blanche et commença à sculpter les plis d'une longue robe. Maintenant que Tashgan va être roi, il a besoin d'une reine. Ou, plutôt, il lui faut des héritiers – légitimes – et il veut une alliance qui lui soit utile. D'où la princesse Velours de Valantia. Elle est la douzième d'une famille de treize enfants, dont dix filles. Comme Valantia et Tschardain ont des intérêts économiques communs, son père se débarrasse d'une fille et paie sa dot en concessions commerciales au lieu d'avoir à le faire en espèces.

— Qu'est-ce que Tashgan en tire ? demanda Lythande. Outre une belle princesse, bien sûr.

— Le produit essentiel de Valantia, c'est le vin.

Les lèvres de Lythande se contractèrent tandis qu'elle continuait à plonger des bougies dans le chaudron à un rythme régulier.

— Je suis sûre que c'est une contrepartie importante.

— Pour Tashgan, du moins. Et le vizir étant d'accord, le mariage devrait marcher assez bien… (Sa voix s'éteignit, sous l'effet de l'incertitude.) Lythande ?

Celle-ci reposa les chandelles qu'elle avait plongées dans la cire et vint se poster à côté d'Eirthe. Pendant qu'elle travaillait sur cette fournée, son amie avait terminé une autre bougie et l'avait posée à côté de la première.

— Ce n'est pas la princesse Velours, dit Lythande en étudiant la nouvelle image.

Eirthe se mordilla la lèvre, reprit la bougie, la retourna entre ses mains.

— C'était censé être elle. Je n'ai jamais vu une chose pareille arriver. Est-ce que la magie de quelqu'un d'autre est en train de m'influencer ?

Lythande respira à fond, saisit le manche de la dague magique qu'elle portait sous sa robe et projeta son esprit dans le voisinage.

— Il y a pas mal de magie dans ce château, dit-elle au bout d'un moment, beaucoup trop pour pouvoir l'identifier sans que je sois obligée d'entrer en transe. Mais la réponse est non. Aucune magie n'agit sur ton travail, sauf la tienne.

— Mais alors, cela signifierait que c'est à cela que ressemble vraiment la princesse Velours... (Eirthe regarda Lythande avec de grands yeux.) Oh, Seigneur et Dame...

— Termine l'incantation, ordonna fermement Lythande. Ajoute les couleurs.

Les mains d'Eirthe tremblaient un peu lorsque qu'elle reposa la figurine, puis elle la contempla longtemps en silence. Lythande entendait les gardes se saluer sur les murailles de la cour extérieure et le doux chuchotis des salamandres baignant dans le feu qui crépitait doucement. Puis Eirthe entoura la silhouette de ses mains, maintenant fermes, et se mit à chanter. Lorsque la lueur mourut, Lythande se pencha pour étudier le résultat.

— Elle est plutôt jolie, s'aventura enfin Eirthe. Elle a un doux visage.

— Et des cheveux bruns mi-longs, des yeux gris pâle et, je crois, des taches de rousseur. (Lythande soupira et se redressa.) Tu imagines ce que Tashgan va dire ?

— Non. Je n'ai pas beaucoup d'imagination.

— Pourquoi est-ce que quelqu'un irait envoûter la princesse Velours afin de modifier son apparence ? s'étonna Lythande. Qui ferait une chose pareille ? À qui est-ce que cela profiterait ?

— À Tashgan. Il aime la beauté. Velours en bénéficie, mais en souffre aussi.

— Que veux-tu dire ?

— Elle n'a sans doute pas eu son mot à dire quant au mariage, fit remarquer Eirthe, mais sa vie sera plus agréable s'il l'aime bien. Comme il apprécie la beauté, il est prêt à l'aimer. Mais si elle sait que c'est le résultat d'un sortilège et non sa véritable apparence, elle sait aussi que ce qu'il aime est une illusion, un mensonge. (Elle haussa les épaules.) Je ne connais pas Velours, mais cela devrait la rendre très malheureuse.

Qui, ici, se spécialise dans les illusions ? se demanda Lythande. *Où avait-elle senti une magie étrangère ?* La réponse lui vint soudain.

– Dame Mirwen, dit-elle tout haut. Fait une bougie à sa ressemblance et parle-moi d'elle.

– Pour que ma bougie nous apprenne beaucoup de choses sur elle, il faudrait qu'elle soit son double magique. Et cela, je ne le fais jamais.

– Tu sais comment, pourtant, fit remarquer Lythande. Tu le peux si tu le veux. Je ne cherche pas à faire du tort à cette femme ; je veux seulement des informations. Tu peux garder la bougie et prendre toutes les précautions que tu souhaites.

– Très bien, dit lentement Eirthe.

Elle rouvrit la malle, rangea le portrait de Velours dans une boîte et la cacha tout au fond. Puis elle prit un autre bloc de cire et commença à le sculpter.

Lythande, absorbée dans sa contemplation, ne tenait pas compte des picotements de l'Étoile bleue sur son front. Eirthe fronçait les sourcils tant elle s'appliquait, et fredonnait quelque chose que Lythande n'arrivait pas à saisir.

Quand le sortilège fut terminé, la bougie ressemblait à une chimère : une très grosse araignée qui avait le visage de dame Mirwen. Luthande déglutit.

Eirthe regardait la figurine d'un air consterné.

— Oh, la la, soupira-t-elle.

— Je pense que nous avons notre jeteuse de sorts. Quelque chose, chez cette femme, m'a inquiétée dès que je l'ai vue, et tu as capté très clairement ce que j'ai ressenti.

— Qu'allons nous faire, maintenant ?

La voix d'Eirthe résonna faiblement. Lythande l'examina. Son visage était pâle et ses mains tremblaient.

— Mets ces bougies sous clé et montons la malle dans ma chambre, chuchota Lythande pour s'assurer que personne ne pouvait les entendre. Puis, nous nous coucherons. Demain, nous parlerons à la princesse Velours.

— Et les chandelles ? (Eirthe regarda l'égouttoir en train de sécher.) Oh, tu as terminé. Peux-tu verser la cire qui reste dans ce moule ?

Elle montrait du doigt l'une des rangées de cubes en bois

dont elle se servait pour garder et transporter la cire redevenue solide.

Lythande fit oui de la tête, apporta le cube près du chaudron et y déversa la cire fondue. Elle s'amusa à remarquer que plusieurs bébés salamandres l'aidaient en gardant liquides les dernières gouttes. *Eirthe a là une fameuse équipe de travail.*

Son amie ferma la malle à clé et toutes deux la prirent par les poignées. Escortées par un vol de salamandres, elles empruntèrent l'escalier de service jusqu'à leurs chambres ; Lythande déposa la malle contre le mur de pierre, au fond de la sienne, et l'ensorcela pour qu'elle demeure fermée et liée au mur.

— Elle ne bougera pas de là, à moins que tout le bâtiment s'effondre, dit-elle d'un ton rassurant, mais si tu veux que certaines des salamandres montent la garde, je n'ai rien contre.

Eirthe qui, après avoir lâché la poignée, s'était effondrée sur le siège le plus proche, hocha la tête d'un air las. Alnath et deux boules de feu plus petites se postèrent sur le couvercle.

Constatant qu'Eirthe était à bout de force, Lythande la reconduisit jusqu'à la porte de sa chambre, la déshabilla en ne lui laissant que sa chemise, et la borda dans son lit. Tandis qu'elle refermait la porte et retournait à sa propre chambre, deux gardes passèrent au bout du couloir. Ils la toisèrent en essayant, mais sans succès, de dissimuler leur sourire entendu.

Eirthe récupéra vite ; le coup qu'elle frappa à la porte de Lythande, le lendemain matin, parut à celle-ci outrageusement matinal. Sautant hors du lit et enfilant la robe de mage qui dissimulait son corps, Lythande laissa entrer la fabricante de chandelles. Les trois salamandres s'envolèrent de la malle pour se mêler au groupe qui accompagnait Eirthe.

– Elles disent que tout a été calme, cette nuit, l'informa cette dernière. J'en suis bien contente. (Puis elle regarda plus attentivement son amie.) Je t'ai réveillée ? Le soleil est levé depuis presque une heure.

– Comme c'est gentil de sa part, grommela Lythande.

Les lèvres d'Eirthe se contractèrent.

– Est-ce que je commande le petit déjeuner ? Tu te sentiras sans doute mieux une fois que tu auras mangé.

— Uniquement si tu désires que ta réputation soit totalement ruinée, répliqua Lythande. Deux gardes étaient dans le couloir quand j'ai quitté ta chambre, hier soir.

Either gloussa.

— On peut commander un seul petit déjeuner ici et ils n'y verront que du feu. Tu n'as pas besoin de t'inquiéter de ma réputation ; Tashgan m'estime pour mon art, pas pour ma vertu — ou pour l'absence d'icelle. (Elle traversa la chambre pour tirer sur le cordon de sonnette.) En outre, ajouta-t-elle, la plupart des gens pensent déjà que je suis une ancienne maîtresse de Tashgan. Sinon, pourquoi serais-je logée au château, et dans un tel luxe en plus ?

— Je me le demandais, moi aussi, admit Lythande. Pourquoi ?

Eurthe rit.

— La première année où cette foire a eu lieu — avant que le vizir ait restauré les routes —, il faisait un temps affreux et mon chariot s'est enlisé dans la boue à quelques kilomètres d'ici. Peu de gens étaient venus, aussi Tashgan m'a-t-il permis de loger au château. L'année suivante, lorsque je suis arrivée, ma chambre m'attendait, et lors de la troisième foire, c'était devenu une tradition. Je ne sais pas ce que Tashgan avait dans l'idée, mais j'admets que c'est agréable d'avoir un toit sur la tête et des domestiques pour s'occuper de soi.

— Peut-être lui rappelles-tu le temps où il était jeune et insouciant, avant d'être obligé de se fixer et de mener une vie sédentaire.

— Probablement, acquiesça Eirthe en allant ouvrir la porte au domestique qu'elle avait appelé.

Lythande se laissa tomber dans un fauteuil et rabattit son capuchon pour dissimuler son visage pendant qu'Eirthe transmettait les ordres au garçon. Elle ne bougea pas jusqu'à ce que son amie ait refermé la porte au verrou derrière l'autre domestique qui arriva cinq minutes plus tard avec les victuailles.

Eirthe lui tendit une assiette pleine.

— Je tiens à t'informer que ces salamandres sont toutes des femelles, dit-elle, au cas où cela concernerait les règles que tu suis.

— Cela n'a aucune importance, répondit Lythande en se mettant à manger — Eirthe avait raison, le repas devrait lui faire un peu de bien. C'est seulement avec des hommes que

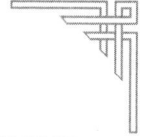

je n'ai pas le droit de manger ni de boire. Si mes compagnons ne sont pas humains, leur sexe importe peu.

Après le petit déjeuner, elles partirent en quête de la princesse Velours.

— Nous n'avons pas à craindre de rencontrer Tashgan, dit Eirthe. Il dort presque jusqu'à midi.

— Et dame Mirwen ? demanda Lythande d'un air sceptique.

— J'ai envoyé Alnath à sa recherche. Mirwen est dans la cour avec le vizir, la princesse, dans la salle commune du premier étage.

— Pas si chaperon que ça, hein ? commenta la magicienne.

— Tant mieux pour nous, fit remarquer Eirthe. Alnath montera la garde et nous avertira si dame Mirwen arrive.

— Très bien. Suis-moi et ne parle pas jusqu'à ce que nous soyons dans la pièce.

Lythande lui fit traverser la grande salle et monter l'escalier, en jetant un charme mineur pour empêcher quiconque de les

voir. La princesse Velours était bien là, pelotonnée sur une confortable banquette, devant la fenêtre, absorbée par le livre qu'elle lisait. Lythande annula le sort et s'éclaircit la voix. La princesse poussa un petit cri de surprise et dissimula son livre sous les coussins avant de lever les yeux pour voir qui était entré.

Eirthe rit doucement.

— Vous n'avez pas besoin de cacher votre livre à cause de nous, Votre Altesse. J'étais là quand vous êtes arrivée. Je sais que la moitié de votre bagage était constituée de livres.

— Oh. (Velours la regarda avec intérêt.) Vous aimez les livres ?

— Oui. Mes biens sont aussi pour moitié des livres — ils sont beaucoup plus intéressants que les vêtements ou les bijoux.

Velours baissa les yeux sur sa robe, qui s'était entortillée autour de ses jambes et révélait ses chevilles. En rougissant, elle se leva et remit ses jupes et jupons en ordre.

— Je vous prie de m'excuser, Seigneur Magicien, dit-elle à Lythande.

— Ce n'est pas nécessaire, répliqua Lythande d'un ton sec. Je ne suis plus assez jeune pour que la vue des chevilles d'une femme me rende fou.

Elle s'aperçut, trop tard, que ce qu'elle disait n'était pas rassurant ; la princesse semblait vouloir s'enfoncer dans le sol.

Eirthe jeta un regard furieux à son amie.

— Lythande compte plusieurs siècles et ne sait plus ce que c'est que d'être jeune et facilement embarrassée. Ne faites pas attention à lui.

Velours parut choquée de ce manque de respect envers un mage.

— Vous vouliez me parler, Seigneur ? demanda-t-elle à Lythande.

— Il se trouve que oui. Mais d'abord, où est votre dame d'honneur ?

Elle voulait savoir si Mirwen avait l'intention de revenir bientôt.

Le masque falot de Velours s'effaça et une étonnante expression de cynisme se peignit soudain sur son visage.

— À la chasse au vizir. Elle ne reviendra probablement pas avant une heure, au moins — elle passe avec lui toutes ses matinées depuis notre arrivée.

— Elle veut s'allier avec le pouvoir qui se tient derrière le trône ?

Ses siècles d'expérience lui paraissaient soudain bien utiles.

Velours haussa les épaules. Sa mine innocente et vide avait, maintenant, complètement disparu.

– Pour quelle autre raison serait-elle partie de chez elle et venue en terre étrangère ? Je peux vous assurer que ce n'est pas par amour pour moi.

– Savez-vous si elle vous a jeté un sort quelconque ? s'enquit Lythande.

De surprise, les yeux de la princesse s'arrondirent.

– Pas que je sache, répondit-elle, l'air inquiet. Vous pensez que je suis ensorcelée…

Ce n'était pas une question.

– Eirthe.

Obéissant à Lythande, celle-ci posa sur la table, qui se trouvait au centre de la chambre, la bougie représentant Velours. Le soleil, qui entrait à flots par la fenêtre donnant à l'est, l'auréola de lumière. Lythande se tourna vers la princesse.

– Pouvez-vous nous dire ce que c'est ?

Velours la prit et la retourna entre ses mains.

– C'est vous qui l'avez faite ?

Eirthe acquiesça d'un hochement de tête.

La princesse sourit.

– La ressemblance est frappante. Vous avez un grand talent.

– Elle vous ressemble ? demanda Lythande.

Velours regarda cette dernière comme si elle doutait de sa santé mentale.

– Oui, Seigneur Magicien.

– Vous êtes-vous regardée dans un miroir depuis votre arrivée ici ?

– Non. (Velours semblait mal à l'aise.) J'ai tant de sœurs que je n'ai jamais pensé que je me marierai, et dans une union négociée, l'apparence d'une princesse est beaucoup moins importante que sa dot. Je ne possède même pas de miroir – je suis la douzième, et ils coûtent très chers.

– C'est vrai, mais ils sont utiles pour certains sorts, aussi j'en ai toujours un sur moi. (Elle sortit une petite glace de l'aumônière attachée à sa ceinture et la tendit à la princesse.) Regardez-vous.

Velours le fit, émit un hoquet de surprise et se passa la main sur les lèvres, comme pour s'assurer que c'était bien son propre reflet qu'elle voyait.

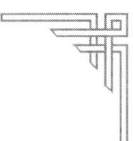

– Je ressemble tout à fait à l'une des maîtresses de mon père, s'exclama-t-elle d'un air horrifié. Ce sont les seules femmes que je connaisse qui se peignent le visage. Est-ce l'une de vos sorcelleries, Seigneur Magicien ?

– C'est de la magie, mais pas la mienne.

Velours rendit le miroir, avec brusquerie, à Lythande qui le prit et le rangea.

– Pouvez-vous annuler ce sort ? demanda-t-elle, anxieuse. Je n'ai pas envie de ressembler à cela durant toute ma vie ! J'ai l'air d'une poupée !

– Je pourrais aisément annuler ce sortilège, répondit Lythande, mais réfléchissez : le seigneur Tashgan croit que vous êtes comme cela.

Velours se laissa retomber sur la banquette avec un petit gémissement et enfouit son visage dans ses mains. Lythande espéra que la jeune fille ne se mettrait pas à pleurer.

– Et votre dame d'honneur avait sans doute ses raisons pour transformer ainsi votre apparence, ajouta le mage.

Velours releva la tête et regarda Lythande et Eirthe en fronçant les sourcils d'un air songeur.

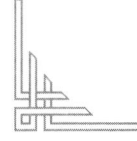

— Comment avez-vous découvert que ce visage n'était pas le mien ? demanda-t-elle.

— Le seigneur Tashgan m'a demandé de fabriquer, pour le festin des noces, des bougies vous représentant tous deux, expliqua Eirthe. Même si, en vous regardant avec mes propres yeux, je voyais cette illusion, lorsque j'ai sculpté la bougie, elle est sortie ainsi de mes mains. (Elle montra la table où Velours l'avait posée.) Alors j'ai demandé à Lythande pourquoi ce que j'avais fait ne ressemblait pas à ce que j'avais vu.

Velours se leva et fit le tour de la table en étudiant la bougie.

— Pourriez-vous en faire une de dame Mirwen ? J'aimerais savoir à quoi elle ressemble, en réalité.

— Je l'ai faite, répliqua sobrement Eirthe. Elle représente une araignée géante dotée de son visage.

Velours gloussa.

— Vous êtes vraiment douée. (Puis elle se calma.) Mais ce n'est pas drôle. Elle doit mijoter un complot encore plus tortueux que ses machinations habituelles. (Elle fronça les sourcils.) Cela ne fait pas longtemps que nous sommes ici, mais j'ai tout de même compris que c'était le vizir qui gouvernait réellement le royaume. Et dame Mirwen a toujours considéré les gens comme des instruments qu'elle peut jeter après usage. Mon père ne l'aime pas ; c'est pour cela qu'il a accepté qu'elle m'accompagne dans mon nouveau foyer. Mais c'est un homme… (Elle s'interrompit et jeta un bref coup d'œil sur Lythande.) Il ne voit pas le côté de sa personnalité qu'elle ne révèle que dans les appartements des femmes.

– Vous-même, princesse, ne semblez pas étrangère aux intrigues de palais, dit Lythande d'un ton doucereux.

– Je le suis pourtant, répliqua Velours en se tordant nerveusement les mains, surtout comparée à dame Mirwen. Elle fait cela depuis aussi longtemps que je puis m'en souvenir, alors que moi je me contente de l'observer des coulisses. Je ne m'attendais pas à me marier et je ne suis pas la préférée de mon père, aussi je n'avais pas assez d'importance pour m'en inquiéter.

– Tout cela est très intéressant, dit Eirthe, mais j'ai des bougies à terminer avant l'ouverture de la foire et il faut que je retourne à mon travail. Pouvons-nous être certain que c'est dame Mirwen qui a changé votre apparence ?

– J'en suis sûre, répondit Velours d'un air sévère. Elle m'a obligée à porter un voile une fois passé la frontière, et cela jusqu'à ce que nous arrivions ici ; en outre, pendant notre voyage, elle venait chaque soir dans ma chambre pour me brosser les cheveux et m'aider à me mettre au lit – ce qu'elle n'avait jamais pris la peine de faire auparavant. (La princesse fronça les sourcils.) Elle continue, mais je doute que ce soit le cas lorsque je serai mariée au seigneur Tashgan. (Elle regarda Lythande.) Pourrait-elle utiliser cette illusion pour le distraire, pour empêcher qu'il la remarque et se demande ce qu'elle fabrique ?

Eirthe reprit la bougie et la remit dans son petit coffre garni de paille.

– Si je voulais distraire le seigneur Tashgan, une belle jeune fille serait le plus sûr moyen.

Alnath revint, traversant comme l'éclair la fenêtre ouverte, et atterrit sur le poignet qu'Eirthe leva pour elle. Lythande n'eut pas de difficulté à interpréter, elle aussi, le message de la salamandre.

– Dame Mirwen est en route. Il faut que nous partions.

– Mais… commença Velours.

Lythande s'inclina.

– Votre Altesse, si vous avez quelque chose d'autre à me faire savoir, dites-le à Eirthe. Elle a déjà travaillé avec moi et vous pouvez lui faire confiance. En outre, il vaudrait mieux que votre dame d'honneur ne sache pas que vous et moi avons parlé ensemble.

– Bien sûr, Seigneur Magicien. (Velours hocha royalement la tête, puis ajouta avec un regard anxieux :) Mais vous *annulerez* le sort, n'est-ce pas ?

Lythande sourit.

– Si vous le souhaitez vraiment, ce sera mon cadeau de mariage.

– Commencez par réfléchir à l'explication que vous pourriez donner à Tashgan, conseilla Eirthe lorsque Lythande la poussa vers la porte. Bonne chance !

Eirthe passa le reste de la matinée à fabriquer des bougies et à changer ses articles de place jusqu'à ce qu'elle soit satisfaite de la manière dont ils étaient exposés. Pendant ce temps, Lythande rôdait dans le château et ses dépendances, et flânait sur le champ de foire, s'arrêtant parfois pour jouer du luth et chanter quelques chansons devant des attroupements, tout en prêtant l'oreille à ce que l'on disait autour d'elle. Malheureusement, bien qu'elle apprît des choses qui n'étaient pas inintéressantes, aucune ne pouvait l'aider vraiment.

L'inauguration de la foire eut lieu à midi, avec un discours de bienvenue prononcé par le vizir. Après ces formalités, Lythande le suivit tandis qu'il traversait la foire, parlant à chaque commerçant et réglant tous les problèmes de dernière minute. Elle observa avec satisfaction qu'il semblait compétent et aimé du peuple.

Non que Tashgan ne soit pas aimé, pensa-t-elle, *mais ses compétences sont plutôt limitées. Il a besoin d'un bon vizir, et il a beaucoup de chance d'avoir celui-là.*

Lythande passa les trois jours suivants à se promener sur le champ de foire ; elle regardait les différentes marchandises, pensait aux illusions utilisables dans les

Jeux des Noces, et s'arrêtait fréquemment pour jouer du luth. Elle faisait au moins une pause par jour devant l'étalage d'Eirthe et se réjouissait de la voir vendre son stock plus vite qu'elle ne pouvait le reconstituer. Elle se dit que ses bougies éclaireraient probablement chaque maison du royaume pendant tout l'hiver ; peut-être même jusqu'au prochain Yule.

Le quatrième jour, le vieux luth du prince Tashgan réapparut. Lythande, qui se trouvait non loin de la baraque d'Eirthe, fut surprise de voir une femme, qui n'était plus de la première jeunesse mais encore très belle, s'approcher de l'éventaire des bougies. Elle avait rejeté le capuchon de sa cape, révélant de longs cheveux blonds nattés ; elle portait une robe de soie verte brodée de dragons dorés. Sa cape entrouverte faisait accroire qu'elle ne craignait pas le froid. Lythande, qui la reconnut aussitôt, même après dix ans et de nombreuses aventures, *savait* qu'elle ne sentait pas le froid. En fait, ce n'était pas vraiment une femme.

— Maîtresse Eirthe, dit cette personne. Je vois que vous avez été bénie.

D'un geste de la main, elle montra les salamandres.

— Dame Beauté, répliqua Eirthe avec un sourire, je me réjouis de vous revoir. Oui, Alnath a eu des bébés, l'été dernier. Ne sont-ils pas merveilleux !

— Ils sont beaux, dit Beauté avec une sincérité indubitable. En parlant d'enfants, j'ai entendu dire que le seigneur Tashgan se mariait enfin. Avez-vous vu son épouse ? Comment est-elle ?

— Très jeune, mais c'est une gentille fille, semble-t-il. (Elle haussa les épaules.) C'est une transaction politique, bien entendu.

— Bien entendu. (La dame en vert sourit en découvrant une bonne quantité de dents.) Il faut que j'aille au château présenter mes félicitations à ce cher garçon.

Elle se retourna et partit, offrant à Lythande une excellente vue sur le luth de Tashgan.

Lythande attendit que Beauté soit hors de portée de voix pour se rapprocher d'Eirthe.

— Que sais-tu de cette créature ? s'enquit-elle en ayant soin de parler bas.

— Dame Beauté ? demanda Eirthe en regardant son amie d'un air surpris. C'est une vieille amie de Tashgan ; elle vient

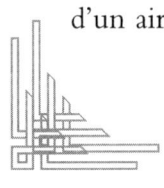

ici tous les ans à cette époque. C'est une excellente musicienne — tu as peut-être aperçu son luth ?

— Eirthe, dit Lythande d'un ton insistant, combien de temps reste-t-elle ici en général ?

— Cinq jours. Pourquoi ? Tu as besoin de l'éviter ?

— L'as-tu aperçue ailleurs qu'ici ?

— Elle va tous les ans à la foire d'Old Gandrin, répondit aussitôt Eirthe, et je l'ai vue à Northwander au cœur de l'été, les deux années où je m'y trouvais. (Elle fronça les sourcils.) Lythande, qu'est-ce qui ne va pas ? Tu as dit : « cette créature » — n'est-elle pas humaine ?

— Elle en a l'air, à ton avis ?

— Ce n'est pas une humaine normale, ça non, dit Eirthe à voix basse. Je la connais depuis des années et elle n'a pas vieilli. Et ses vêtements ne sont jamais sales. Peu de gens voyagent habillés comme elle — et puis elle aime tendrement Alnath, ce qui est inhabituel. Je pensais qu'elle devait être une espèce de sorcière — elle pratique la magie, ça, je le sais. (Elle baissa encore plus la voix.) Si elle n'est pas humaine, qu'est-elle ?

— Un dragon-garou, répondit Lythande d'un ton sinistre.

— Oh la la. (Eirthe regarda avec de grands yeux dans la direction qu'avait empruntée Beauté.) Cela expliquerait pourquoi Alnath et elle s'entendent si bien. C'est une ennemie à toi, Lythande ?

— Je ne sais pas. Je lui ai donné le luth, mais je croyais qu'elle serait capable d'annuler aisément le sort de contrainte… surtout après toutes ces années…

— Quel sort de contrainte ?

— Quand les frères de Tashgan étaient encore vivants et qu'il n'était pas l'héritier du royaume, ils ont ordonné à Ellifanwy, magicienne à la cour, de jeter sur son luth un sort de contrainte. Ce sort gérait à la fois sa route et la durée de son séjour en chaque lieu. Tous les ans, il restait ici cinq jours, à la marée de Yule, traversait la foire d'Old Gandrin au printemps, passait le plein été à Northwander, puis revenait ici pour refaire, de nouveau, le même parcours.

Les yeux d'Eirthe s'agrandirent encore plus.

— Et Beauté suit le même, tous les ans depuis…

Elle se mordilla la lèvre, essayant visiblement de compter les années.

— … depuis que le prince Tashgan est venu me trouver, à

Old Gandrin, et m'a demandé de le délivrer du sort de contrainte attaché à son luth. Ellifanwy était déjà morte — dans le repaire d'un dragon-garou, curieusement — et il était pressé parce que ses frères venaient de mourir. J'ai échangé mon instrument contre le sien, dans l'intention d'annuler le sort plus tard, à tête reposée. Bien sûr, entre-temps j'ai suivi son parcours…

— Je parie que c'était très intéressant, fit remarquer Eirthe avec un sourire narquois.

— Très, répliqua sèchement Lythande. En tout cas, je n'avais pas encore annulé le sort lorsque le luth m'a conduite à une maison, au milieu d'un marécage. C'était là que vivait Beauté. Apparemment, elle aimait beaucoup Tashgan…

— Elle l'aime toujours, l'interrompit Eirthe.

— … et elle n'a pas été contente du tout de me voir arriver à sa place, mais elle s'est calmée lorsque je l'ai convaincue que je ne l'avais pas tué.

Eirthe émit un petit hennissement de rire.

Lythande lui jeta un regard furieux.

— Tashgan l'avait mentionnée en me donnant le luth — non qu'il m'ait dit quelque chose qui aurait pu m'être utile, bien entendu, mais seulement : « Transmettez mes amitiés à Beauté. » Aussi je lui ai raconté toute une histoire, comme quoi il avait sacrifié son amour pour elle à son devoir d'héritier du royaume, et je lui ai donné le luth en souvenir de lui. Je ne pensais pas que cela la contraindrait – certainement pas pendant presque dix ans !

– Elle vient ici tous les ans, mais cela ne prouve pas qu'elle y est forcée. Elle peut le faire de son plein gré.

– J'espère que tu dis vrai. Je ferais mieux de remonter au château et de m'en assurer. Si elle est en colère contre moi, ma situation pourrait devenir très délicate.

– Attends la fin de la foire. Elle se termine dans une heure, et j'irai avec toi. Je ne veux pas manquer cela pour tout l'or du monde !

L orsque la foire prit fin, Eirthe avait inventorié et empaqueté le reste de son stock, et plus d'une heure s'était écoulée. Mais Lythande n'était pas particulièrement pressée d'affronter Beauté, aussi attendit-elle qu'Eirthe et les salamandres soient prêtes à l'accompagner.

Elles entrèrent discrètement dans la grande salle. Tashgan et Velours étaient assis côte à côte à la grande table, dame Mirwen à la droite de la princesse. La cape verte déployée sur le dossier du fauteuil vide, à gauche du prince, montrait la place que Beauté avait occupée au dîner, mais maintenant, installée sur un tabouret devant l'estrade, elle jouait sur son luth une mélodie très élaborée.

Lythande fut aussitôt impressionnée par deux choses : le doigté qu'exigeait le chant de Beauté constituait un défi pour n'importe quel musicien, et tous ceux qui se trouvaient dans la salle l'écoutaient avec une profonde attention. Personne ne gigotait, ne paraissait s'ennuyer, ne chuchotait à son voisin, ni même n'avait tourné la tête lorsque Eirthe et Lythande étaient entrées. La magicienne empoigna les deux dagues dissimulées sous sa cape et vérifia la présence de la magie – ses longues années d'errance en tant que ménestrel lui avaient enseigné que ce genre de musique n'aurait pas vraiment dû captiver un auditoire – mais elle ne décela que le sort utilisé par dame Mirwen pour changer l'apparence de Velours.

Même un examen plus approfondi, destiné à repérer une magie potentielle, ne signala que ce que Lythande savait déjà : les salamandres, le talent d'Eirthe, dame Mirwen, et la magie que Beauté possédait en tant que dragon-garou.

La chanson fit place au silence et tout le monde applaudit, même les hommes d'armes et les servantes. Lythande se joignit à eux et chuchota à son amie :

– Ce qu'elle joue est-il toujours aussi apprécié ?

– Invariablement, répondit Eirthe aussi bas tout en battant des mains comme les autres occupants de la salle. Dame Beauté *aime* qu'on l'apprécie, et on sait qu'elle est soupe au lait.

– Ah, vous voilà Lythande ! (Le seigneur Tashgan venait de lever les yeux et de les repérer.) Que pensez-vous du jeu de dame Beauté ?

– Il est très impressionnant.

Lythande s'avança hardiment à grands pas, salua Tashgan et Velours, puis se pencha sur la main que Beauté lui tendit.

– Mes compliments, dame Beauté. J'applaudis à la fois votre talent et votre courage ; je n'oserais pas exécuter en public un morceau aussi difficile.

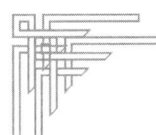

Beauté sourit d'un air un peu narquois à Lythande.

— Merci, Seigneur Magicien. (Ses doigts serrèrent brièvement ceux de Lythande avant de les relâcher.) Je viens ici tous les ans pour célébrer la fête de Yule, et je me flatte d'y avoir un auditoire qui ne fait qu'améliorer sa capacité à apprécier la bonne musique.

— Cela ne requiert aucune flatterie, dame, dit Lythande en inclinant respectueusement la tête. La réaction de votre public est la preuve que votre opinion est juste.

— Peut-être consentiriez-vous à jouer en duo avec moi, demanda Beauté en souriant mielleusement.

Lythande l'entendait presque penser : *Je connais votre secret et vous le savez, et vous vous demandez ce que je vais faire de cette connaissance. Comme c'est amusant.*

— Ce serait un honneur pour moi, répondit Lythande en s'inclinant de nouveau.

— Parfait ! s'exclama Tashgan. Vous, là. (Il pointa le doigt sur le page le plus proche.) Un tabouret pour Lythande.

Le petit garçon courut chercher ce qu'on lui demandait et, quelques minutes plus tard, la magicienne était assise en face de Beauté et accordait son luth pour égaler le dragon-garou.

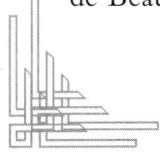

— Qu'allons-nous jouer ? dit Beauté d'un air songeur. (Elle entama quelques mesures, ses doigts volant sur les cordes.) Vous connaissez ce chant ? Je crois que votre voix est assez haute pour l'exécuter.

Lythande, se joignant docilement à l'introduction, reconnut le morceau, et espéra de tout son cœur que ce n'était le cas de personne d'autre. Il s'agissait d'un vieux chant racontant ce que deux femmes, qui s'aimaient tendrement, endurèrent lorsqu'elles s'éprirent du même homme. Beauté la taquinait mais, au moins, elle se montrait subtile. Lythande souhaitait que ce tour le fût trop pour que l'auditoire saisisse l'allusion.

Le chant fut applaudi avec enthousiasme et Beauté se lança aussitôt dans un morceau souvent utilisé comme modèle du genre par des musiciens en situation de rivalité. Le premier à jouer proposait une mélodie compliquée et le second improvisait des variations sur ce thème, puis le premier jouait une version encore plus complexe de ce que le second avait fait, et ainsi de suite. Lythande était prête à laisser Beauté gagner le concours si elle le pouvait sans que ce soit trop évident, et fut un peu chagrinée de découvrir l'inutilité de cette manœuvre.

Beauté était assez bonne pour mettre Lythande hors jeu, mais il lui fallut tout de même une bonne heure pour y arriver.

— Il nous faudra recommencer, cher ami, dit Beauté à Lythande lorsqu'elles se levèrent pour s'incliner devant le seigneur Tashgan et accepter de bonne grâce ses louanges. Ce n'est pas souvent que j'ai le plaisir de jouer avec quelqu'un qui me vaut presque.

Lythande, encore grisée par l'excitation que lui avait apportée le fait de jouer de la bonne musique, sourit de bonheur.

— Ce serait avec plaisir, dame Beauté.

Elle accorda au dragon-garou un salut plein de courtoisie.

— Certes. (Beauté fit, des yeux, le tour de la salle, et gloussa tout bas.) Je pense que peut-être nous étions tous en proie au charme de la musique. Regardez, la flamme des bougies s'amenuise et... (Elle baissa la voix pour que seules les oreilles de Lythande l'entendent.) La petite promise de Tashgan semble sur le point de tomber endormie dans son fauteuil.

— La musique ne peut en être la cause, répondit Lythande en chuchotant.

— Je suppose que c'est plutôt le fait de se trouver, pour la première fois de sa vie, dans un pays inconnu, dit doucement

Beauté, et, bien entendu, le sort jeté sur elle sape un peu son énergie.

Les deux magiciennes se regardèrent dans les yeux.

– Que voyez-vous ? demanda Lythande. Son vrai visage ou l'illusion ?

Le rire de Beauté rivalisa avec les carillons éoliens que l'on vendait à la foire.

– Voyons, les deux, bien entendu.

Elle se détourna pour ranger son luth dans son étui, et Lythande l'imita.

Le temps que cette dernière regagne sa chambre, l'énergie engendrée par la musique s'était dissipée et elle se sentit prête à dormir dès le seuil franchi. Mais, d'abord, elle vérifia que personne n'avait tenté de toucher à la malle contenant les bougies enchantées d'Eirthe. À son grand soulagement, les choses étaient telles qu'elle les avait laissées le matin.

Eirthe frappa à la porte et entra avec un plateau de pain, de fromage et de fruits secs.

– Essaie de manger un peu avant de succomber au sommeil. Tu as l'air encore plus fatiguée que moi – et pourtant j'aimerais dormir pendant une semaine ! Au moins, nous aurons un jour de repos avant le mariage.

– C'est une bonne chose. Je vais en avoir besoin.

Le surlendemain, il faisait beau et exceptionnellement doux pour la saison. Lorsque Lythande s'éveilla, le soleil montait dans un ciel sans nuage, d'un bleu brillant, et l'air avait juste assez de fraîcheur pour être agréable. La plus douce des brises soufflait. La magicienne s'assit sur la banquette devant la fenêtre pour paresser au soleil ; une salamandre, laissant celles qui gardaient la malle où reposaient les bougies de mariage, passa devant elle comme une flèche pour prendre son envol, mais elle n'y prit pas garde.

Un peu plus tard, on frappa à la porte. Lythande ouvrit et découvrit son amie qui lui apportait son petit déjeuner.

– Merci, Eirthe. Je t'en prie, joins-toi à moi… mais peut-être as-tu déjà mangé ?

– Il y a plusieurs heures, répliqua Eirthe avec un sourire,

mais je veux bien encore un peu de fruits. Je viens d'installer toutes les chandelles dans la grande salle. Ce sera la mieux éclairée que tu auras jamais vue.

— Les préparatifs du mariage sont terminés, alors ?

Lythande avait passé le jour précédent dans sa chambre à se reposer et à faire des exercices d'illusions. Eirthe lui avait apporté à manger aux heures des repas, mais l'avait laissée seule le reste du temps, aussi la magicienne ignorait ce qui s'était passé au château. Elle savait que son amie l'aurait informée de tout événement crucial, aussi supposait-elle que tout s'était déroulé dans le calme — du moins, en ce qui concernait la magie.

— Presque terminés, répliqua Eirthe en réprimant un bâillement. Tu as bien fait d'éviter la pagaïe d'hier — entre le démontage de la foire et les préparatifs du mariage, ç'a été le plus beau désordre que j'ai jamais vu. La plupart des forains sont joliment efficaces, mais la domesticité du château n'organise pas un mariage tous les ans. Étant donné toute cette agitation, et les ennuis qui en découlent, je pense que certains laissent délibérément les choses de côté jusqu'au dernier moment, afin de pouvoir ensuite courir en tout sens et crier contre les autres et faire l'important.

— Est-ce que cela inclut le vizir ? demanda Lythande avec curiosité.

— Heureusement qu'il avait délégué la préparation du mariage à l'intendant, car dame Mirwen n'a pas cessé de faire appel à lui à propos de problèmes urgents successifs, et il a été obligé de lui consacrer tout son temps.

— Intéressant, dit Lythande d'un air songeur. J'aurais pensé qu'un tel comportement la lui rendrait détestable.

— Peut-être que non. Elle n'a sûrement pas laissé passer l'occasion de lui dire combien il était merveilleux, et qu'elle ne voyait pas comment elle s'en sortirait sans lui.

— Qu'as-tu fait, toi, tu l'as suivie toute la journée ?

— Bien sûr que non. (Eirthe sourit d'un air innocent.) Je suis restée dans la cour, à plonger mes bougies dans la cire colorée pendant presque toute la journée. Renseigne-toi. (Elle eut un sourire narquois.) J'ai demandé aux salamandres de monter la garde. Cela fait assez longtemps que nous sommes ici pour que personne ne leur prête beaucoup d'attention, à condition qu'elles ne s'approchent pas trop près — as-tu jamais remarqué que peu de gens lèvent les yeux vers le ciel ? Et personne ne regarde attentivement les candélabres

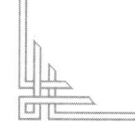

muraux ; l'un des bébés a passé plusieurs jours dans la chambre de Velours en se faisant passer pour la flamme d'une bougie. Il y est encore, en fait ; je pense qu'il l'aime bien. (Elle parut pensive.) Je me demande comment Tashgan réagirait si je donnais une salamandre en cadeau de mariage à son épouse ?

Lythande gloussa.

– Je suppose que cela dépend de son désir de dormir ou non la nuit.

Eirthe engloutit le dernier morceau de fruit, l'avala et se lécha les doigts.

– Je vais y penser. (Elle se leva.) Je ferais mieux d'aller m'habiller. As-tu choisi les illusions que tu vas utiliser pour les Jeux ?

– J'en ai plusieurs en vue, mais je m'attends à beaucoup improviser, une fois le concours commencé.

– J'espère que cela va être passionnant. Je te retrouve à la cérémonie.

Celle-ci se déroula à l'entrée du château, afin que tous ceux qui le souhaitaient puissent être témoins du mariage de leur roi. Tashgan resplendissait dans sa longue tunique tissée de fils d'or ; Velours portait une robe de velours bleu saphir et un hennin assorti qui dissimulait totalement ses cheveux. Le voile bleu attaché à la couronne lui couvrait le visage. Le prêtre, les mariés et leurs témoins se tenaient sur les marches et les spectateurs remplissaient la cour. Le vizir était le témoin de Tashgan, comme Lythande s'y était attendu, mais elle fut surprise d'apercevoir dame Beauté à côté de Velours. Elle inspecta la cour, mais ne vit pas la dame d'honneur de la princesse.

– Sais-tu où est Mirwen ? chuchota-t-elle à Eirthe, qui était près d'elle.

– Encore dans la grande salle, je suppose. Elle s'y trouvait lorsque je suis passée, mais je pensais qu'elle sortirait pour assister à la cérémonie.

– On dirait qu'elle a mieux à faire que d'assister au mariage de celle qu'on lui a confiée, dit sèchement Lythande.

— Plusieurs salamandres sont restées à l'intérieur, répondit Eirthe d'un ton rassurant. J'apprendrai ce qu'elle a fait dès que la cérémonie aura pris fin.

Mais le festin des noces commença tout de suite après, et le statut de Lythande l'obligeait à dîner avec Tashgan et le vizir. Heureusement, il était de coutume de placer aux deux bouts de la table les champions des Jeux, aussi le vizir s'assit à la gauche de dame Mirwen, avec, à sa gauche Velours, Tashgan, Beauté, puis Lythande.

Ce qui laissait à celle-ci, pour compagne de table, dame Beauté, et lui épargnait d'avoir à entretenir une double conversation. Elle s'appliqua à jouer avec sa nourriture, alors que, bien entendu, elle ne pouvait pas vraiment manger, tandis que le dragon-garou complimentait Tashgan de la beauté de son épouse — comme s'il avait quelque chose à y voir — et le taquinait sur son impatience d'accomplir le devoir conjugal.

Tashgan riait en acquiesçant à ses dires et buvait du vin. Beauté lui conseilla de manger.

— Prenez des forces, cher ami, vous en aurez besoin ; et l'on sait bien que trop de vin nuit à la performance…

Tandis que Tashgan se mettait docilement à manger, Beauté tourna son attention vers Lythande.

— J'ai entendu dire, cher ami, que vous serez le champion du roi au concours de magie, après dîner.

— C'est vrai, reconnut Lythande, puis elle succomba à la curiosité. Dites-moi, dame Beauté, appelez-vous tout le monde « cher ami » ?

— Fréquemment, répondit Beauté en souriant. C'est tellement plus facile que d'avoir à se rappeler des noms ; les gens arrivent et repartent si rapidement, n'est-ce pas ? Cela diminue aussi la possibilité de nommer quelqu'un à tort — je veux dire de l'appeler par un nom qui n'est pas le sien, précisa-t-elle d'un air délibérément débonnaire.

— Tout à fait.

Lythande adopta un ton et une expression semblables.

— Je crois que votre petite amie vous cherche, ajouta Beauté en montrant une salamandre qui voltigeait au seuil de la porte.

— On dirait, murmura Lythande. Je vous prie de m'excuser un petit moment, dame.

Beauté sourit et se pencha plus près, souhaitant visiblement entrer dans la conspiration.

— Si quelqu'un pose la question, je dirai que vous êtes partie aux toilettes.

Lythande hocha la tête et sortit de la salle aussi discrètement que possible.

La salamandre la mena tout droit aux toilettes où elle rencontra Eirthe, qui en sortait pour retourner dans la salle.

— Elle a jeté un sortilège sur l'aire des Jeux, dit rapidement Eirthe en souriant comme si elles se saluaient. Un truc joliment élaboré, mais les salamandres n'ont rien pu m'apprendre, sauf qu'elle a utilisé ses propres bougies et pas les miennes ! Ça, elles l'ont remarqué.

— Eh bien, je suis sûre que nous allons bientôt en découvrir les particularités, dit Lythande, résignée.

Je crains que cette journée soit pleine de surprises.

— Sans doute.

Eirthe se dirigea vers la grande salle. Lythande entra dans les toilettes avant d'y retourner elle-même ; la meilleure manière d'éviter une désillusion, c'était d'essayer de rendre l'illusion la plus réelle possible.

Le festin se poursuivit durant plusieurs heures. Lythande refusa toutes les offres de nourriture et de vin ; non seulement elle ne pouvait pas manger là, mais en outre elle savait qu'elle devait rester bien éveillée pour la tâche qui l'attendait.

Tashgan finit par se lever pour annoncer le concours.

— Dans le pays de mon épouse, il est de coutume de célébrer un mariage par un concours de magie. Les deux champions rivalisent pour créer les illusions les plus fantastiques et les plus belles, et vous, mes amis, serez les juges. (Il attendit que les applaudissements cessent pour continuer.) Le champion de Valentia est dame Mirwen, et Lythande celui de Tschardain. Que les Jeux commencent !

Comme Lythande se levait, dame Mirwen gagna à grands pas la partie de la salle évacuée pour le concours et s'adressa au prince :

— Seigneur Tashgan, comme je vous l'ai dit quand vous m'avez proposé ce sacrilège, ces Jeux sont conçus pour des femmes. Aucun homme ne peut être champion dans les Jeux de Noces. J'ai donc enchanté cet endroit afin que seule une femme puisse y pratiquer la magie.

Lythande se figea sur place, mais garda un visage impassible ; Mirwen jubilait.

— À moins que votre champion ne fasse la preuve qu'il est une femme, vous devrez vous avouer vaincu... ou trouver un champion *approprié*.

— Lythande ! (Le roi se tourna vers elle.) Pouvez-vous annuler ce sortilège ?

Elle espéra que son rire n'aurait pas l'air aussi forcé qu'il l'était.

— Facilement, seigneur Tashgan. Mais je suis désolée d'avoir à vous informer que le plus rapide serait d'annuler *tous* ses sortilèges, ce qui, bien entendu, la rendrait incapable de participer à ce concours.

Et ferait aussi disparaître le sort de perception altérée qu'elle a jeté

sur Velours. Je ne suis pas sûre que dame Mirwen désire que cela arrive maintenant.

Lythande devait avoir raison sur ce dernier point car dame Mirwen parut visiblement inquiète. Elle ouvrait la bouche, sans doute pour proposer de supprimer son dernier sortilège lorsque Beauté intervint.

– Seigneur, dit-elle en se levant. Je demande une faveur. Prenez-moi pour champion !

Tashgan regarda Lythande, qui comprit bien son dilemme. Il devait certainement en savoir assez long sur Beauté pour ne pas désirer l'offenser, mais il ignorait l'étendue du pouvoir de Lythande, et si elle aussi ne se vexerait pas. Cependant la magicienne avait d'excellentes raisons de vouloir garder Beauté aussi satisfaite que possible.

– Si dame Beauté le souhaite, s'empressa-t-elle de dire, je serais très heureux de lui céder ma place. Je tiens en très haute estime ses dons de magicienne.

– Et dame Mirwen n'aura à se plaindre d'aucun sacrilège, fit remarquer Beauté.

– Très bien, dit Tashgan. Dame Beauté sera mon champion. Lythande tiendra les fonctions d'arbitre.

Galamment, cette dernière tira en arrière le fauteuil de Beauté et l'aida à descendre de l'estrade avant de regagner sa place, en bout de table.

Dame Mirwen affronta Beauté avec l'air de satisfaction d'une enfant gâtée qui a obtenu, une fois de plus, ce qu'elle voulait.

– C'est bien mieux, qu'en pensez-vous ? Les hommes ne devraient pas essayer d'exercer la magie ; celle-ci trouve sa plus haute et plus véridique expression chez la femme. Personne ne peut nier cela.

– J'en mettrais ma tête à couper, dit Beauté avec un sourire énigmatique.

Mirwen, ne comprenant visiblement pas cette déclaration, n'en tint pas compte. Elle dessina dans les airs une figure ostensiblement complexe et entonna un chant qui, clairement, prétendait être une incantation. De par sa longue vie et ses connaissances musicales étendues, Lythande reconnut une chanson à boire d'étudiants dont le langage n'avait plus cours. En voyant se tortiller les lèvres de Beauté, la magicienne comprit qu'elle aussi avait identifié le « sort ». Mais le dragon-garou garda le silence, permettant à sa rivale de créer la première illusion.

Une prairie d'un vert brillant, constellée de fleurs aux vives couleurs, dissimula soudain le plancher, et un étang d'un bleu cristallin vint occuper le premier plan. C'était très joli, Lythande dut le reconnaître. Une rangée d'arbres, offrant une toile de fond à la scène, occulta Mirwen ; ce qui, pensa Lythande, améliorait considérablement l'esthétique du tableau.

Deux personnages étaient assis à côté du bassin : Velours – copie de l'illusion qui dissimulait toujours la vraie princesse – et Tashgan plus jeune, idéalisé en héros.

C'est probablement ainsi qu'il se voit, pensa Lythande. *Très habile. Pas brillant, mais habile. Pas mauvais pour une illusion préliminaire, et tout à fait approprié à un mariage.*

Les murmures d'appréciation qui s'étaient élevés de la salle moururent, car tous attendaient maintenant ce que Beauté allait faire pour répondre à cela. Quand le silence régna, celle-ci commença.

Un brouillard argenté scintillant se leva de l'étang, dissimulant les silhouettes et le paysage. Des lueurs dansèrent dans cette brume durant plusieurs minutes, puis une brise se leva de nulle part et la dissipa. Des soupirs d'étonnement et de

plaisir balayèrent la salle. Beauté avait agrandi l'illusion, afin que tout le monde puisse la voir, et elle y avait ajouté un château de marbre blanc sculpté de figures et de motifs fantastiques. Tandis que les spectateurs poussaient des oh et des ah, le ciel illusoire passa du bleu aux belles couleurs du couchant, suivies de ténèbres trouées par les lumières brillantes de la demeure seigneuriale qui se reflétaient dans l'eau de l'étang. Toute la salle du banquet s'était également assombrie, permettant à l'assistance de mieux voir l'illusion, sans en être distraite. Puis l'aube se leva, encore plus colorée que le crépuscule, et ses teintes pastel foncèrent avec le lever du « jour ». Lorsque la lumière enveloppa les silhouettes de Tashgan et de Velours, Lythande émit un gloussement appréciatif. La reine était enceinte.

« Vite fait, bien fait », cria une voix d'homme, quelque part dans la foule. Presque tout le monde éclata de rire, y compris Tashgan.

Lythande crut entendre dame Mirwen siffler entre ses dents, mais n'en fut pas certaine car le château l'empêchait de la voir.

Beauté recula pour faire place à son adversaire. Les ténèbres engloutirent soudain la scène et, quand elles se dissipèrent,

tout aussi soudainement – et pas du tout aussi artistiquement que le couchant et l'aube idéalisés de Beauté –, Velours et Tashgan avaient deux enfants : un robuste petit garçon qui marchait à pas hésitants au bord de la mare, et un bébé que la reine tenait dans ses bras. Tous deux avaient la même beauté parfaite que l'illusion portée par Velours.

Ce n'est pas la meilleure des astuces, pensa Lythande en écoutant les murmures qui parcouraient la salle. *Des enfants qui ressemblent aussi totalement à leur mère pourraient avoir n'importe qui pour père. Il aurait été plus diplomatique qu'au moins l'un d'entre eux présentât quelques traits de Tashgan.*

Beauté parut partager l'opinion de Lythande. Elle émit un reniflement de dédain bien audible en s'avançant pour prendre son tour. Le petit devint un garçonnet et, en grandissant, son aspect changea tant qu'il devint presque une réplique de Tashgan. Le bébé se dégagea des bras de sa mère, rampa vers le bord de l'étang et contempla son reflet dans l'eau, sa petite tête penchée sur le côté comme s'il réfléchissait. Puis, il tendit une petite main potelée et s'éclaboussa le visage. Ses couleurs et ses traits changèrent comme si l'on ôtait la couche de peinture qui les recouvrait. La petite fille qui se releva et se mit à cueillir des fleurs pour en faire un collier avait des cheveux bruns, des yeux gris pâle et des taches de rousseur. Elle était mignonne et ressemblait beaucoup à ce qu'avait dû être Velours à son âge.

Lythande regarda autour d'elle. À la grande table, Velours riait et Tashgan souriait.

Mirwen traversa les tours du château lorsqu'elle s'approcha pour se poster juste derrière les arbres de sa partie de la scène. Elle semblait furieuse. Visiblement, elle ne s'était pas attendue à ce que quelqu'un perce le sort d'illusion qu'elle avait placée sur Velours, et encore moins à ce que cette personne lui dévoile ce savoir.

– Comment osez-vous !… lança-t-elle d'une voix rageuse, mais basse.

Cependant, Beauté n'avait pas encore terminé. Du bord du tableau, surgirent des animaux. Tout d'abord, assez ordinaires : un oiseau bleu saphir vint se percher sur l'épaule de la reine, adoptant la nuance de ses yeux ; un élégant chien de chasse doré s'assit aux pieds de Tashgan. La complexité de l'illusion s'accrut : une harde de cervidés de toutes les couleurs de l'arc-en-ciel vint boire à l'étang ; puis des canards bleu et vert, ainsi que des cygnes argentés, nagèrent à la surface, et enfin une licorne d'un blanc pur, dont le front portait une corne d'argent en spirale, s'approcha de la petite fille et baissa la tête afin qu'elle puisse lui passer le collier de fleurs autour du cou.

Mirwen leva les bras d'un air dramatique et lança sèchement quelques mots dans une langue que Lythande ne reconnut pas. Cela évoquait une malédiction. *Oh oh*, pensa-t-elle, *ça tourne mal.*

Une meute de loups noirs sortit de l'étang et entoura la licorne et la petite fille en découvrant leurs crocs. L'enfant recula contre le flanc de l'animal qui se défendit à coups de pied, du mieux qu'elle pouvait, contre tout prédateur qui s'approchait trop, mais les loups étaient beaucoup trop nombreux. Deux d'entre eux se lancèrent à l'attaque et, lorsqu'elle réussit à les faire reculer, la licorne saignait.

Elle va trop loin. Lythande se leva et cria :

– Arrêtez !

Le tableau se figea et Mirwen se tourna vers elle.

– Qu'est-ce qui vous prend ? dit-elle d'une voix rageuse.

– Le principe des jeux que nous menons ici, dame Mirwen,

n'est pas : « Mon illusion va détruire la vôtre. » Ce n'est pas un duel entre magiciennes. Vous semblez l'oublier.

— Vous n'avez pas à vous en mêler, lança sèchement dame Mirwen. Je tissais des illusions avant votre naissance !

— J'en doute fort, répliqua calmement Lythande. Le seigneur Tashgan m'a nommée arbitre de ce concours. Vous êtes censée créer quelque chose de beau, et non verser le sang — même s'il est illusoire. (Elle se tourna vers l'autre concurrente.) Dame Beauté, je crois que c'est votre tour, maintenant.

— Bien, cher ami, dit Beauté en souriant.

Elle s'avança et se mit au travail. D'abord, elle dissipa une partie de l'illusion, révélant dame Mirwen aux spectateurs, et fit pousser l'image d'un arbre sur la sorcière. Et pas un bel arbre, mais noueux, tordu et vraiment très laid — c'était très clairement à cela que Mirwen aurait ressemblé si elle avait été un arbre. Des rires retentirent dans la salle au fur et à mesure que les gens comprenaient la plaisanterie. L'arbre de Mirwen se tordit en essayant de regarder les rieurs d'un air furieux, mais Beauté leva une main gracile et de l'eau tomba du ciel, le recouvrant totalement. Elle le regarda et respira brusquement à fond ; l'eau gela, enveloppant l'arbre d'une couche de glace scintillante qui refléta la lumière des bougies d'Eirthe, dessinant un motif tremblotant.

C'est à peu près tout ce que Mirwen pourrait faire de beau, pensa Lythande.

Beauté tourna son attention vers les loups qui encerclaient la licorne, et sourit de nouveau. Elle agita une main et ils se transformèrent en chiots noirs câlins. Ils batifolèrent en émettant de petits jappements enthousiastes, et donnèrent des coups de truffe aux chevilles de la petite fille avant de partir comme l'éclair pour jouer avec le garçonnet.

La licorne guérie, toujours accompagnée de la petite fille, vint plonger sa corne dans la mare. L'eau s'étendit vers dame Beauté jusqu'à toucher l'ourlet de sa robe, et celle-ci commença à se transformer. Ses bras retombèrent contre ses flancs, brièvement, avant de s'agiter de haut en bas, les manches vertes et dorées se transformèrent en ailes recouvertes d'écailles si brillantes qu'elles semblaient faites d'or et d'émeraudes. Son corps grandit, son visage s'allongea et, avant que quiconque ait pu cligner des yeux, un dragon se dressa à la place qu'elle occupait, dominant l'étang et toute la scène.

Les hoquets de surprise et l'attention silencieuse des spectateurs furent des marques d'approbation plus fortes que n'importe quels applaudissements. L'assistance attendait, fascinée, de voir ce qui allait se passer. Même Lythande restait clouée sur place, Tashgan retenait sa respiration.

Le dragon gonfla ses joues et souffla une douce et pâle flamme qui fit fondre la glace recouvrant l'arbre. Dame Mirwen jaillit de l'illusion et traversa d'un pas raide la rangée d'arbres pour affronter son adversaire.

— Les champions ne sont pas censés faire partie des illusions ! dit-elle d'un ton brusque. Et j'ignore en quoi vous pensez vous être transformée, mais je vous assure que c'est vraiment *laid* ! Personne ne vous a donc dit que les illusions devaient être belles ?

— Je suis un dragon, répliqua calmement Beauté, et je *suis* belle. Cependant, si la beauté est le critère principal de ce concours, je vois pourquoi vous vous êtes disqualifiée — bien qu'en tant qu'arbre recouvert de glace, vous aviez un certain charme.

— Vous êtes hideuse, couverte d'écailles, et tout à fait détestable ! gronda Mirwen. Vous vous prenez pour une magicienne ? Une simple sorcière de village aurait meilleur goût !

— Je n'en sais rien, répondit Beauté d'un air songeur. Cela fait si longtemps que je n'ai pas mangé de sorcière de village que je crains bien d'en avoir oublié le goût. De toute façon, une fois convenablement bouillis, la plupart des humains ont à peu près tous le même goût.

— Vous n'êtes pas drôle ! (Mirwen criait presque maintenant.) Je ne vous laisserai pas me ridiculiser !

— Ma chère amie, répliqua Beauté qui, visiblement, s'amusait bien, je n'ai pas besoin de m'y atteler. Vous faites cela si bien vous-même.

Même Lythande gloussa, mais elle se doutait qu'on ne l'entendrait pas dans les éclats de rire qui montaient de la grande salle. Tashgan était presque plié en deux, ce qui permit à Lythande d'apercevoir Velours. La jeune fille avait reçu une excellente éducation, il fallait le reconnaître ; elle se tenait bien droite sur son fauteuil et gardait un visage relativement calme. La voyant de profil, Lythande put constater qu'elle se mordait les joues afin de ne pas rire de sa dame d'honneur. Dommage que Tashgan n'ait pas fait preuve de la même retenue.

Malheureusement, Mirwen ne pouvait visiblement pas supporter que l'on se moquât d'elle. Elle tira un poignard de sa manche et se précipita sur Beauté. Lythande s'avança dans l'intention de l'arrêter au passage, mais elle fut léchée par les flammes qui calcinèrent dame Mirwen. Cependant, le jet avait été soigneusement orienté pour éviter la grande table, aussi ne toucha-t-il pas le visage de Lythande, ne frappant qu'un bord de sa cape. Comme celle-ci était ignifugée, il ne causa aucun dommage, sauf à dame Mirwen… et à Velours.

À l'instant où Mirwen fut changée en un tas de cendres, le sortilège de perception altérée s'évanouit. Lythande et Velours étaient face à face, et dès que la princesse vit l'expression de la magicienne, elle comprit ce qui était arrivé. Faisant preuve de la vive intelligence que Lythande lui avait toujours attribuée, la jeune fille poussa un gémissement et, simulant un évanouissement, tomba avec grâce sur le sol, l'une de ses longues manches cachant complètement son visage. Les salamandres d'Eirthe se rassemblèrent autour de la princesse, leurs couleurs éblouissantes rendant encore plus difficile une vision claire de la jeune fille.

Beauté reprit sa forme humaine sans qu'un seul de ses cheveux ait été déplacé. Ignorant la confusion totale qui régnait dans son auditoire, elle annula l'illusion et se précipita pour rejoindre Lythande sur l'estrade. Eirthe arriva de l'autre côté de l'estrade pour rejoindre ses salamandres qui planaient au-dessus du corps de Velours.

– Que s'est-il passé ? demanda Tashgan en regardant son épouse avec inquiétude. Elle n'a rien ?

– Elle a seulement vu sa gouvernante mourir, Votre Majesté, répondit le vizir. Cela lui a forcément causé un choc.

Il fronça les sourcils.

– Est-ce que quelqu'un peut écarter ces salamandres de là ?

– Elles aiment la princesse, expliqua Eirthe. Et tentent simplement de la protéger.

– Avec succès, fit remarquer Lythande. Tant qu'elles seront là, personne ne marchera sur la pauvre jeune fille. Avec votre permission, Seigneur, dit-elle en s'inclinant devant le roi, Eirthe et moi allons transporter votre épouse dans sa chambre. Elle vient de voir réduite en cendres la seule personne de son pays qui l'avait accompagnée ici ; il va lui falloir un peu de temps pour s'en remettre.

— Oui, bien sûr.

Tashgan paraissait déconcerté.

— C'est un peu difficile pour lui de comprendre tout cela, dit Beauté en remplissant une coupe de vin. Buvez, cher ami, et restez assis tranquillement pendant que l'on s'occupe de votre femme.

Elle jeta un coup d'œil explicite à Lythande qui, docilement, prit Velours dans ses bras, bien contente que la jeune fille soit mince et facile à porter. Tout en suivant Eirthe vers la chambre de Velours, elle entendit Beauté demander à quelqu'un d'aller lui chercher son luth. *Bien*, pensa-t-elle. *Lorsqu'elle aura fini de jouer, cette foule aura oublié ce qui s'est passé — ou ne s'en souciera plus.*

Lorsqu'elles arrivèrent à la chambre de Velours, Lythande laissa tomber la jeune fille sur le lit, sans cérémonie. Les salamandres s'alignèrent d'un côté.

— Allons, princesse, vous pouvez vous réveiller maintenant.

Velours ouvrit aussitôt les yeux, mais lorsqu'elle tenta de se mettre sur son séant, elle faillit retomber. Lythande dut la soutenir.

— Pas si vite, dit Eirthe en tendant à Velours une coupe

de vin coupé d'eau. Cette journée a été, pour vous, plutôt mouvementée.

– Je vais bien. Je ne me suis pas vraiment évanouie.

– Ah, bon ? demanda Eirthe, d'un ton goguenard.

Lythande gloussa.

– Lorsqu'elle sera lasse d'être dame de Tschardain, la reine pourra monter sur scène. C'était presque aussi bien joué que tous les spectacles que j'ai jamais vus. Un excellent minutage, aussi.

– Mais pourquoi… commença Eirthe, puis elle comprit. Bien sûr ! Le sort s'est annulé avec la mort de Mirwen.

– C'était cela, n'est-ce pas ? demanda Velours. J'y ai pensé quand j'ai vu comment Lythande me regardait – je suis redevenue normale ?

– Oh, oui, la rassura Eirthe. Vous ressemblez tout à fait à la première bougie que j'ai faite de vous.

– La première bougie ?

– J'en ai fabriqué une seconde à l'image de l'illusion, expliqua Eirthe. Je ne savais pas avec certitude à quoi elle ressemblerait lorsque viendrait le temps de les montrer.

– Et la bougie de Mirwen ? demanda Lythande.

— Je l'ai toujours. Je la ferai brûler jusqu'au bout ce soir. Je ne voulais pas le tenter lorsqu'elle était vivante, parce que sa ressemblance était magique.

— Pourrais-je l'avoir ? dit Velours. J'aimerais la faire brûler moi-même.

Eirthe regarda Lythande, puis fit signe que oui.

— Bien sûr, princesse, si cela peut vous faire du bien.

— J'en suis certaine, dit Velours d'un air sombre. Maintenant, en ce qui concerne mon apparence…

Elle s'interrompit lorsque Tashgan entra, suivi de Beauté et du vizir.

— Princesse, commença cérémonieusement ce dernier, j'espère que vous êtes remise.

Velours ouvrit la bouche pour répondre, mais avant qu'elle ait pu sortir un seul mot, Tashgan dit, d'une voix entrecoupée :

— Que vous est-il arrivé ?

Il semblait totalement horrifié.

— Quoi ? Le vizir regarda Tashgan, l'air perplexe.

— Regardez son visage ! s'écria le roi.

Le vizir, visiblement abasourdi, contempla Velours en plissant les yeux pour mieux voir.

— Qu'est-ce qu'il y a ? Il me paraît bien.

Il est myope, comprit Lythande. *Pour lui, elle est toujours la même. Dommage que Tashgan ne soit pas comme lui.*

— Dame Mirwen lui a jeté un sort, s'empressa-t-elle d'expliquer.

— Vous pouvez l'annuler, n'est-ce pas ? demanda Tashgan d'un ton insistant. Vous avez dit que vous pouviez annuler toute la magie de cette femme.

— Oui. Je peux lui redonner l'apparence qu'elle avait ce matin, si elle le souhaite. Mais le sortilège ne modifie que son apparence extérieure. Elle n'est ni malade ni blessée, c'est exactement la même personne qu'auparavant. Son apparence a-t-elle tant d'importance ?

— Bien sûr que oui !

Velours gardait les yeux baissés.

— Je ne veux pas que les gens disent que m'épouser l'a changé en vieille sorcière, reprit Tashgan.

Eirthe, outragée, aspira une grande bouffée d'air et vint se mettre nez à nez avec Tashgan.

— Ce n'est pas une vieille sorcière, c'est stupide et cruel de dire cela !

— Je ne vois rien à redire à l'apparence de votre épouse, déclara calmement Beauté.

— Lythande (visiblement, Tashgan essayait d'établir avec la magicienne un rapport d'homme à homme), vous comprenez. Vous savez combien la beauté est importante pour moi.

Lythande soupira et regarda Velours. La jeune fille leva les yeux, ravala ses larmes et hocha la tête.

— Oui, Tashgan, je comprends, dit Lythande avec un soupir. Je peux retransformer son visage. Mais qu'elle reste belle, cela dépend de vous.

— Que voulez-vous dire ?

— La chose la plus importante, en ce qui concerne la beauté d'une femme, c'est l'amour de son mari, expliqua Lythande. Il faudra la traiter avec amour et respect… et continuer à le faire, ou sa beauté ne durera pas.

— Seigneur Tashgan, il y a sûrement des choses plus importantes dont nous devrions nous inquiéter. Est-ce que cela importe vraiment l'apparence qu'elle a ? demanda le vizir avec impatience.

— Oui, répliqua Tashgan. (Il regarda Lythande d'un air

implorant.) Retransformez-la, je vous en prie, et je ferai tout ce qu'il faudra pour que le sort persiste.

— Si votre épouse est d'accord.

— Faites ce que mon mari désire, répondit promptement Velours. Cependant, ce serait mieux si vous retourniez tous au festin. Il y a déjà eu assez de perturbation comme cela.

— Très juste, Votre Altesse.

Le vizir salua et quitta la pièce.

— Elle a raison, cher ami, dit Beauté en prenant Tashgan par le bras. Retournons au banquet. Votre épouse nous rejoindra dès qu'elle le pourra.

Tashgan fit signe que oui.

— Arrangez-lui la figure avant qu'elle redescende, ordonna-t-il à Lythande.

Beauté le tira hors de la chambre et Velours s'affaissa sur le lit.

— Je vois ce que vous vouliez dire, Eirthe, soupira-t-elle, quand vous m'avez conseillé de réfléchir à la manière dont je m'y prendrai pour lui expliquer mon changement d'apparence, et que vous m'avez souhaité bon courage. Il n'y a pas de solution, n'est-ce pas ?

— Je le connais depuis plus de dix ans, et je n'en vois pas, avoua Eirthe. Lythande ?

— J'ai bien peur que sa vision des gens ne soit superficielle.

— C'est un non, n'est-ce pas ? (Le sourire de Velours était bien pâle.) Eh bien, si c'est ce que veut mon mari, il faut que je le fasse... surtout qu'il peut encore casser le mariage, s'il en a envie.

— Quoi ? s'exclama Eirthe.

— Il faut qu'un mariage soit consommé pour être valide, expliqua Lythande. Jusque-là, il peut être annulé très facilement.

— Surtout après que ma dame d'honneur a tenté de tuer son champion, dit Velours avec un sourire ironique. Quelle journée ! Et j'ai encore ce soir à endurer.

— Tashgan a dit que l'on se souviendrait longtemps du jour de son mariage, dit remarquer Lythande.

— Moi, en tout cas, je ne l'oublierai pas, dit Velours. Je n'ai jamais vu un concours d'illusions tel que celui-ci. Je ne comprends toujours pas comment dame Beauté a réussi à tuer Mirwen... non que je m'en plaigne. Mais Mirwen savait certainement qu'une illusion de feu ne pouvait pas tuer, alors pourquoi est-ce arrivé ?

– Parce que ce n'était pas une illusion, dit Lythande.

– Bien sûr que si, répliqua Velours, perplexe. C'est la caractéristique même du concours. Vous n'allez pas me faire croire que Tashgan et moi étions dans deux endroits en même temps, et que la licorne et toutes les autres bêtes étaient réelles.

– Ça, c'était une illusion. Mais le dragon était réel. Il *est* réel. Beauté est un dragon-garou.

– Un dragon-garou ?

Velours était passée du choc à l'acceptation hébétée.

– Oui, mais ne laissez pas paraître que vous le savez, dit Eirthe. Soyez seulement très polie avec elle et montrez que vous appréciez sa musique.

– C'est une merveilleuse musicienne, reconnut la princesse.

– Quelques siècles de pratique, cela ne fait pas de mal, dit Lythande.

– Un dragon-garou, répéta Velours en secouant la tête. En un sens, c'est un soulagement. Je craignais que Tashgan ne la préfère à moi et annule le mariage afin de pouvoir l'épouser. Mais je suppose que c'était stupide.

— Je pense qu'il désire des héritiers humains, souligna Luthande. Et puis, je ne crois pas que Beauté accepterait de l'épouser. Il n'est à ses yeux qu'une distraction temporaire. Elle m'a fait remarquer, au dîner, que les gens ne faisaient que passer rapidement, et pour elle, c'est vrai.

— Oui, dit Velours en réfléchissant à la question. Au bout de plusieurs siècles, je suppose que nous sommes tous semblables à ses yeux… (Sa voix mourut et elle regarda Lythande.) Quand elle a dit que, récemment, elle n'avait pas mangé de sorcières de village… elle plaisantait, n'est-ce pas ?

— Je suis sûre qu'elle n'en a pas mangé récemment, dit Lythande, mais je pense qu'elle plaisantait. Elle a un grand sens de l'humour, et le sien est un peu particulier. Mais elle est assez pragmatique pour comprendre que Tashgan a besoin d'une femme humaine, alors tant que vous ne la mettrez pas en colère, vous n'aurez pas à vous inquiéter. Elle adorera sans doute vos enfants comme une tante.

— Mes enfants. (Velours soupira.) Le point essentiel de tout ce mariage. Mais j'espérais que, si je devais me marier un jour, j'aurais un époux qui pourrait, au moins, apprendre à m'aimer en tant que personne.

– Accordez un peu de temps à Tashgan, dit Eirthe d'un ton consolateur. Il n'est pas toujours aussi désagréable qu'il l'a été aujourd'hui.

– Mais d'abord, il faut changer l'apparence de Velours afin qu'il la regarde assez longtemps pour avoir une chance de la connaître, dit remarquer Lythande. Va chercher les bougies que tu as faites d'elle, je t'en prie.

Eirthe hocha la tête et se hâta de sortir de la chambre.

– Peut-être m'aimera-t-il, avec le temps, dit Velours d'un air mélancolique. Il semblait trouver la petite fille mignonne, et elle me ressemblait.

– Je pense qu'il le fera. Il est un peu superficiel, mais il a bon cœur.

– J'espère que vous avez raison.

– Alors, princesse, est-ce que vous voulez que je vous redonne l'apparence que le sort de Mirwen vous prêtait ?

– Oui, dit Velours avec résignation. Je ne suis pas obligée de me regarder. J'ai seulement à me rappeler que ce que voient les gens quand ils me contemplent n'est pas réel, et que l'opinion qu'ils ont de moi est fausse.

– Seulement leur impression initiale, lui rappela Lythande.

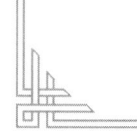

Vous *êtes* toujours la même personne, et quand ils vous connaîtront, même depuis peu, c'est cela qui comptera.

— Maintenant que je suis mariée, mon apparence n'a plus grande importance — du moment que mon mari en est satisfait. Mais c'est vraiment dommage qu'il préfère l'illusion à la réalité.

— Votre tâche consiste à consommer le mariage, à être couronnée dans trois jours et à donner naissance à des enfants, fit remarquer Lythande. Le sort de perception altérée n'est qu'un moyen en vue d'une fin. Et souvenez-vous, Tashgan croit que l'illusion *est* la réalité.

— Ah bon ?

— Il ne connaît pas grand-chose à la magie, et il pense que la beauté est votre état naturel. Il croit que dame Mirwen, en mourant, a jeté un sort afin de changer votre apparence.

— Elle est morte presque instantanément et ne l'a pas vu venir. Elle avait autre chose en tête, à ce moment-là.

— Tashgan n'est pas un grand penseur.

— Ni même un petit, dit Eirthe revenant avec les bougies. Voilà, Lythande. Je ne savais pas bien ce dont tu avais besoin et je ne voulais pas les perdre de vue, aussi les ai-je toutes apportées.

Elle ouvrit le coffret et les posa sur la table.

– Écartons Tashgan pour le moment, dit Lythande. Nous n'avons pas besoin de lui.

Eirthe rangea soigneusement la bougie du roi.

– Il nous le faudra pour la fête. Mais nous n'avons plus besoin de Mirwen.

Eirthe remit l'araignée dans sa boîte qu'elle tendit à Velours.

– Faites-en ce que vous voulez.

Les deux versions de Velours étaient posées côte à côte sur la table, en face de la magicienne. Lythande tira une chaise et fit signe à Velours de s'y asseoir. Les salamandres se déployèrent derrière la princesse, près du plafond, sauf Alnath qui alla rejoindre Eirthe, à l'écart.

– Voulez-vous monter la garde à la porte, leur demanda Lythande. Je ne veux pas être dérangée pendant que je travaille.

Eirthe acquiesça d'un signe de tête et toutes deux quittèrent la pièce en refermant la porte.

Lythande regarda la princesse, pâle et inquiète.

– Essayez de vous détendre, Velours. Cela ne va pas vous faire de mal, et si vous ne vous regardez pas dans un miroir, vous ne sentirez pas la différence.

Elle invoqua un feu magique pour allumer la bougie qui ressemblait à la vraie Velours. Celle-ci se mit à pleurer lorsque la cire commença à fondre.

— Je le saurais. Même sans miroir, je m'en souviendrai chaque fois que je regarderai mon mari dans les yeux.

— Essayez de ne pas vous le rappeler, conseilla Lythande en regardant la cire couler sur le visage de la bougie et glisser sur les plis de sa robe. Vous seriez la seule que ce souvenir blesserait.

Elle entendit l'écho des paroles d'Eirthe. *Velours en bénéficie et en souffre à la fois.*

Velours pleura tout le temps qu'il fallut à la bougie pour brûler, mais s'arrêta lorsqu'elle fut consumée. Maintenant, il ne restait plus que celle de la Velours que Tashgan préférait, ainsi que la princesse vivante qui lui ressemblait.

— Serai-je toujours ainsi ? demanda Velours.

— Oui. Essayez de voir cela comme un cadeau de noces et tirez-en le meilleur parti.

— C'est drôle. Je n'ai jamais désiré la beauté – j'ai toujours pensé que l'intelligence était plus importante.

— Je le pense aussi, mais maintenant, vous avez les deux.

Velours lui fit un pâle sourire. Sur son nouveau visage, il paraissait radieux.

– Merci, Seigneur Magicien.

Eirthe et Alnath revinrent dans la pièce.

– C'est fait ? demanda la fabricante de bougies d'un ton jovial.

– Tu le sais très bien, ou tu ne serais pas entrée. (Lythande leva les yeux.) Je savais que les salamandres te le diraient.

– Bien sûr.

Eirthe fit un signe de tête aux élémentals qui planaient près du plafond. L'un d'eux se détacha du groupe et vint planer à côté de l'épaule droite de Velours.

– Je vous présente Caldon, dit Eirthe. Elle désire rester avec vous, princesse. Voulez-vous l'accepter comme cadeau de mariage ?

Velours tourna la tête et sourit à la salamandre.

– Salut, Caldon. Je me réjouis de ta compagnie. (Elle se tourna de nouveau vers l'artisane.) Merci, Eirthe. Je ne me sentirai plus aussi seule, ici.

Eirthe rangea la bougie restante.

— Je suis contente que vous l'aimiez. Peu de gens s'entendent bien avec elles.

Lorsque Velours tendit la main pour caresser Caldon d'un doigt hésitant, Lythande ajouta aux sorts jetés sur la princesse celui de la résistance aux brûlures. Ensuite l'élémental vint voltiger dans la paume de la princesse.

Velours se leva, obligeant la salamandre à planer au niveau de son épaule droite.

— Il est temps de retourner à la fête, dit-elle résolument. J'ai un mari à ensorceler.

Le surlendemain, Lythande et Beauté rangeaient leurs luths dans la grande salle, après une autre soirée de musique.

— Cela va me manquer, avoua Lythande. J'ai eu vraiment beaucoup de plaisir à jouer avec vous. (Elle respira à fond et posa la question qui la hantait depuis l'arrivée de Beauté.) Partez-vous demain ?

La dame leva les sourcils.

– Pour manquer le couronnement de ce cher Tashgan ?

Une fois de plus, Lythande vit que le sourire du dragon-garou signifiait : « Je sais ce que vous pensez. »

– Cher ami, j'ai prévu de rester *au moins* une semaine de plus.

CET OUVRAGE A ÉTÉ ACHEVÉ D'IMPRIMER
PAR L'IMPRIMERIE FLOCH À MAYENNE
EN AOÛT 2002

Éditions du Rocher
28, rue Comte-Félix-Gastaldi
Monaco

Dépôt légal : août 2002.
N° d'édition : CNE section commerce et industrie
Monaco : 19023.
N° d'impression : 54958.

Imprimé en France

RELIURE
TRAVACTION

AVR. 2003